이중나선

1

요시하라 리에코

MM NOVEL

목 차

번역 유경주 **표지** 윤아빈 **편집** 정다움 **마케팅** 김정훈

그것은
몹시 **흔해 빠진** 일상의,
별것 아니지만 **무엇과도 바꿀 수 없는**
나날의 **행복**이었다.

흔해 빠진 일상

하늘이 눈부시다.

어젯밤 세차게 내린 비가 어디고 할 것 없이 모두 깨끗하게 씻어 내린 듯, 아침부터 상쾌하게 맑았던 날씨 좋은 일요일.

그렇다고 가족이 모여 어디로 외출할 예정이 있는 것도 아니었던 그날. 평소처럼 저녁 식사 직전까지 친구와 내내 밖에서 놀다가 돌아온 시노미야 유우타는 "다녀왔습니다!"라며 커다랗게 소리 지르고는 신발을 아무렇게나 벗은 뒤, 대충 손을 씻고 곧바로 주방으로 뛰어 들어왔다.

식탁 위에는 닭튀김과 춘권, 새우튀김, 다채로운 샐러드와 치라시즈시(밥 위에 생선회 등 다양한 재료를 올린 음식) 등 보기만 해도 뱃속에서 성대한 소리가 날 것 같은 좋아하는 반찬들이 줄줄이 놓여 있다.

그 광경을 본 유우타의 눈과 입가가 서글서글해졌다.

그러자 더할 나위 없이 장난스러워 보이던 얼굴이 윤기 흐르는 곱슬머리와 잘 어울리는, 몹시 부드러운 용모로 변한다.

자타공인 활동파다운 손발의 생채기와 긁힌 자국을 차치하면, 햇볕에 타도 잠깐 빨개질 뿐 금세 색이 돌아오는 새하얀 피부와 아기다람쥐처럼 또렷하게 쌍꺼풀 진 두 눈의 생김새 자체는 나쁘지 않다. 평소에도 그렇게 귀여워 보이는 '얼굴'을 아낌없이 드러내면 일부 이웃집의 '평가'나 여자애들의 '호응'도 좀 달라질 텐데. 안타깝게도 지금은 역시 그런 색기보다는 먹을 것이 우선이었다.

평소의 유우타라면 돌아오자마자 "다녀왔니"란 어머니의 목소리를 한 귀로 흘리고 TV 점유권을 주장하면서 바로 리모컨이 있는 곳으로 달려갈 텐데 오늘만은 사정이 좀 다른 모양이다.

저녁 식사 시간이 되어도 TV 애니메이션에 열중하여 평소에 몇 번을 불러도 건성으로 대답하던 유우타는 곧장 자기 자리로 가서 앉더니, "엄마, 엄마. 아직 멀었어?"라며 진수성찬을 앞에 두고 기다리는 강아지처럼 테이블에 달라붙어 자꾸 어머니 나츠코를 재촉했다.

매일 혈기왕성한 장난꾸러기도 식욕을 충분히 자극하는 시각과 후각은 어쩔 수 없는 걸까. 나름대로 초등학교 2학년생이라는 나이에 걸맞은 바람직한 광경이기는 했다.

하지만 유우타의 배 속 사정을 아는지 모르는지, 대면식 주방 너머에서 돌아오는 어머니의 대답은 언제까지고 "그래, 그래. 조금만 더 기다리렴"이라는 판에 박힌 말뿐이다.

"치. 아까부터 그 말만 해."

유우타는 슬슬 조바심이 나서 입을 삐죽거렸다.

그때 귀 밝게 그 말을 들은 누나 사야카가 "뭐야. 유우타, 시끄러워. 조금만 더 참을 수 없어?" 딱 잘라 불호령을 내렸다.

"오늘의 주인공은 네가 아니라 나오란 말이야. 알고 있어?"

스누피가 그려진 에이프런을 입고 작은 접시를 한 손에 든 채, 딱 부러지는 말투로 노려보는 시노미야 일가의 장녀는 초등학교 6학년. 딱딱하고 푸릇푸릇하기만 한 봉오리가 이제야 피어나기 시작한 것 같은 쭉 뻗은 팔다리에, 미인의 최소 조건이라는 작은 얼굴이 절묘한 균형을 연출한다.

그것만으로도 근시일 내에 지나가던 남자들을 돌아보게 하리라는 것은 상상하기 어렵지 않다. 사야카는 4남매의 홍일점이라 정신적인 자아의 성장도 도드라졌다. 똑똑해 보이는 야무진 얼굴에는 지기 싫어하는 성미가 드러나 있어, 그 나이에 흔한 되바라진 '여자애'와는 확연히 차원이 달랐다.

하지만 툭 하면 네 살 연하의 남동생을 '어린애'라고 부르는 말주변 좋은 누나에게 매일 단련 받은 막내는 그런 말에 기가 죽을 정도로 연약하지 않았다.

좋게 말하면 솔직하고 개방적인 성격.

천성이 밝고 어린애들의 대장 타입이라, 그럴 생각만 있으면 틀림없이 강력한 리더십을 발휘할 것이다. …하지만 조금 왔다 갔다 하는 기분파인 건 부정할 수 없다.

반대로 말하면 사소한 일에는 둔감한 응석받이.

여기저기서 마구 구박해도 본인은 태연자약하다. 솔직히 '뭐가 문젠데?'라고 생각하고 있는 게 뻔히 보였다.

그렇게 보면 사야카가 말하는 '참을성 없는 자기중심적인 성격'도 듬뿍 어리광을 부리며 자란 막내의 특권… 일지 모른다.

"그치만 배고프단 말이야."

말을 꺼내자마자 꾸룩꾸룩 타이밍 좋게 자기주장을 하는 배.

"이것 봐, 소리 났잖아. 더는 못 기다리겠다구."

그게 면죄부라는 듯이 눈앞의 촉촉하게 잘 익은 닭튀김에 손을 뻗으려다가, "안 돼!"하며 언제나 그렇듯 탁 하고 손을 얻어맞는다.

"다 모인 다음에 먹어야지!"

'오늘의 주역'인 시노미야 일가의 둘째아들은 그런 남매의 실랑이를 카운터 너머에서 바라보고 있었다. 시금치 참깨무침을 그릇에 담던 손을 멈춘다. 그는 유우타와 매우 닮았지만 응석이 지나친 막내보다는 훨씬 온화한 아몬드 형태의 눈을 약간 가늘게 뜨더니, "아, 또 싸우네…"하고 혼잣말했다.

흔해 빠진 일상의 한 장면이라기에는 너무 많이 본 광경에, 다행인지 불행인지 다음에 있을 상황까지 단숨에 예측되는 나오토였다.

생각대로 "누나 치사해. 하나쯤은 먼저 맛봐도 괜찮잖아!"라며 유우타가 먼저 보란 듯이 뺨을 부풀리고 대든다.

하지만 그런 폭언쯤은 이제 아무렇지도 않은 누나였다.

"넌 맛을 보는 게 아니라 집어먹는 거잖아? 하나 먹은 다음에는 몇 개를 먹어도 마찬가지라고, 남 것까지 마구 집어먹을 거면서."

평소처럼 날카로운 지적에 나오토는 저도 모르게 탄식한다.

'사야 누나. 부탁이니까 유우타에게 기름을 끼얹고 신나게 부추기지 마.'

입으로 말해 봤자 헛수고라는 것을 알지만 그래도.

"적어도 오늘만은…"이라고 중얼거리며 씁쓸해진 목소리를 삼킨다.

토라져 버린 유우타만큼 다루기 힘든 것도 없다. 그 뒷감당을 하는 건 언제나 나오토였다.

이전에 한 말과 행동을 반성하고 조금쯤은 말을 조심한다는 학습능력을 조금도 익히지 못하는 유우타가 나쁜 것인지.

아니면 그걸 알고도 매번 빈틈없이 도발에 응하는 사야카의 태도를 따져야 할지.

아니면 양쪽 다 똑같다고 딱 잘라 포기해 버릴 수 없는 자신이 한심하다고 웃어넘겨야 할지 모르겠다.

말을 잘하는 누나가 거슬린다.

입 밖으로 말하지는 않지만 나오토도 사실 그렇다.

그래서 같은 남자로서 동생의 '도전자 정신'의 의지와 근성은 높이 사지만 슬슬 '포기'라는 말을 제대로 이해하고 얌전히 실천에 옮겨 줬으면 좋겠다고도 생각했다.

오늘은 나오토의 열 살 생일.

평소처럼 집안사람들끼리 작은 생일파티를 하기로 한 건데 그걸 나름대로 '기분 좋게 맞이하고 싶다'고 생각하는 게 그렇게 지나친 바람일까? 나오토는 속으로 끊임없이 한숨을 쉰다.

사야카는 어린애인 유우타의 말투나 행동패턴을 완전히 파악하고 있다. 누가 보아도 뻔한 일이다.

나츠코도 이런 일에 익숙해서 두 사람의 대화가 파직파직 불

꽃을 튀기기 시작해도, 평소와 같은 남매 특유의 '툭탁거림' 정도로 생각하는지 이러쿵저러쿵 말하며 끼어들 생각이 아예 없어 보였다.

그러니까 고립무원인 유우타는 점점 더 토라진다.

"그러지 않을 거란 말이야!"

사야카가 정곡을 푹 찌르자 적반하장으로 화를 내기 시작한 응석받이는 말투에서부터 어리광이 드러났다. 밖에서는 아무리 잘난 척하면서 거들먹거려도 집안에서는 그저 막내에 지나지 않음을 잘 알 수 있다.

실제로 메우려야 메울 수 없는 나이 차이는 얕볼 수 없다.

당사자는 딱 잘라 부정해도 산처럼 쌓인 전적은 사라지지 않는다.

유우타가 아무리 발을 동동 구르며 토라져도 결국은 언 발에 오줌 누기였다.

게다가.

"그 말도 귀에 못이 박히도록 들었어."

급소를 확 찌르는 사야카의 날카로운 말은 멈추지 않는다.

"그치만 아빠도 마사키 형도 아직 안 왔잖아. 기다리다가는 뱃가죽이 등에 달라붙어 버릴 거라구!"

"아빠는 나오토의 생일케이크를 가지러 간 것뿐이니까 바로 돌아올 거야. 오빠는 지금 목욕 중이고."

이렇게 말하면 저렇게 받아친다.

오는 말에는 이자를 붙여서 두 배로 돌려준다.

한마디로 소리를 지르면 지를수록 더 수렁에 빠질 뿐이라는 귀결을 깨닫고 자제하기에는, 유우타는 안타깝게도 아직 '어린애'였다.

아무튼 두 사람의 말투의 온도차는 차치하더라도, 질리지도 않고 계속될 뿐만 아니라 템포 좋게 확대되어 가는 설전을 옆에서 듣고 있으면 마치 손발이 척척 맞는 남매 만담 같다. 대본 없이 다짜고짜 하면서 용케 이렇게까지 하는구나… 생각하자니 나오토는 어이가 없음을 뛰어넘어 감탄까지 나왔다.

보통 이 정도로 파장이 잘 맞으면 아무 다툼 없이 웬만한 일에는 나름대로 의견 일치를 볼 수 있을 텐데, 어째서인지 쌍방 모두 서로가 시야에 들어오자마자 전투모드 스위치가 켜지는 모양이다.

처음 계기가 무엇이든 이렇게까지 되면 거의 '본능으로 학습된 상태' 같아서 사이가 좋은 건지 나쁜 건지… 이해하기 어렵지만 몹시 성가신 자석 같다.

두 사람은 절대로 인정하고 싶지 않겠지만, 근본적인 부분에서 누나와 동생은 '서로 비슷한' 외골수에 고집쟁이다.

거기에 끼어들어봤자 불 속에 손을 집어넣는 것이나 마찬가지다. 아무리 '솔직히 진심을 나누는 것이 형제 관계'라 해도, 나오토는 화상을 입으리란 걸 알면서 섣불리 끼어들고 싶지 않았다.

결국 어느 쪽의 편을 들어도 손해 볼 게 뻔하다.

그러니까 나오토는 굳이 누구의 편도 들지 않고 중립을 유지하는 쪽인데 그래도 완전히 관계없다는 태도를 유지할 수 없는 만큼, 중립을 유지하기란 또 그것대로 힘들다.

어쨌든 둘이 툭탁거리고 있으면 남의 집 불구경으로 끝나지만 그 뒤에는 반드시라고 해도 좋을 정도로 쌍방의 '화풀이용 푸념 배출구'가 된다는, 정말이지 성가시기 짝이 없는 덤이 따라오기 때문이다.

유형은 다르지만 말을 잘하는 누나와 남동생 사이에 낀 샌드위치 상태로, 듣는 입장만을 관철하는 건 묘하게 스트레스가 쌓인다.

하고 싶은 말만 마구 내뱉고 속 시원해지는 쪽은 상관없을지도 모르지만 어쩌다 실수로 맞장구라도 쳐버리면, 점점 더 수습할 수 없게 될 게 뻔하다. 그렇기에 자연스럽게 나오토의 입은 무거워진다.

"어떻게 생각해?"

"어느 쪽이 잘못이야?"

"내가 뭘 잘못했어?"

그렇게 물어봐도 그건 그냥 자기 확인 같은 것이지, 진심으로 나오토의 의견을 구하는 게 아니라는 사실을 알아차리기까지는 그다지 오랜 시간이 걸리지 않았다.

그렇게 나오토는 시노미야 일가의 '인내력의 진수'와 '불합리한 날벼락'이 무엇인지를 이해했다.

솔직히 말하면 손위 형제와 손아래 형제가 말도 안 되게 강렬한 게 문제였다. 이 마당에 자신까지 진심으로 화를 내버리면 수습이 안 된다는 강렬한 학습이 되어 있기 때문인지, 본격적인 대폭발은 좀처럼 일어나지 않는다. 하지만 나오토의 입장에서는 농담이 아니라 슬슬 '못 해먹겠네'란 심경도 들기 마련이다.

누가 보아도 사야카는 시노미야 일가의 '똑똑한 누나'이며 유우타는 어딜 가도 '장난꾸러기 막내'라고 불린다.

마찬가지로 나오토는 '나이에 비해서는 차분한, 애 먹이지 않는 둘째'이다. 그 실체도 한 꺼풀 벗기면 이런 것에 불과하지만.

자존심이 강하기 때문에 사람들이 저도 모르게 요구하는 '어린애다운 귀여움'의 기준에서 빠르게 밀려나와 버린 사야카는, 당연히 같은 반뿐만이 아니라 어디서나 인정하는 같은 학년의 '리더'이다.

책임감 넘치는 여걸의 심기를 거스를 정도로 담력이 센 도전자는 없을 것이다. …아마도. 덕분에 삼남매가 다니는 초등학교의 이번 년도 6학년생은 무슨 일에서든 매우 잘 통제된 팀워크를 자랑한다.

한편 집에서는 어리광쟁이 막내라 해도 밖으로 나가면 장난꾸러기인 유우타는 담임선생님을 울리는 달인이다. 기운이 넘치다 못해 남아도는 말투와 행동은 다소 난폭하여 여자애들 사이의 '평판'은 나쁘지만, 반대로 남자애들에게는 절대적인 인기를 누리고 있다. 별것 아닌 한마디에 반 분위기가 두 쪽으로 분열되어 버릴 정도로.

그렇다고 화려하고 특출한 두 개의 개성 사이에 나오토가 매몰되어 있는 것은 아니다. 뿐만 아니라, '그 시노미야 사야카의 남동생'이라고 불린다.

"저게 시노미야 유우타의 형이야."

그런 호기심 어린 눈으로 바라보는 것도 익숙하다. 사야카보다 훨씬 상냥해 보이는 또렷한 이목구비와 유우타에 비해 훨씬 시원시원한 말투와 행동. 나오토는 두 사람의 완충제로서의 역할을 충분하게 해내면서도 그들에게 뒤지지 않는 뛰어난 존재감을 지니고 있었다.

등잔 밑이 어둡다….

당사자는 그런 사실을 전혀 알지 못했지만.

"이런 걸 왕따 시킨다고 하는 거라구!"

"아냐. 네가 버릇없는 것뿐이잖아."

'유우타도 참 포기할 줄을 모르네. 말로든 완력으로든 절대로 사야 누나에게 이길 수 없다는 걸 알면서 왜 득달같이 달려드는 걸까.'

두 살 연하의 유우타보다 조금 '어른'임을 자부하는 나오토는 다시 한숨을 흘린다.

자신들의 기저귀를 갈아 줬다고 호언하는 '누나'와, 조금도 기억하지 못하는 추태를 마구 보였다는 '남동생'의 사이에는 넘으려 해도 넘을 수 없는 '현실'의 벽이 있다. 누가 봐도 또렷하게 보이는 그것을 어쩐지 유우타만은 인정하려 들지 않는다.

매번 덥석덥석 사야카에게 달려들다 멋지게 반격을 먹는다.

이쯤 하면 이제 학습능력이 어쩌고… 할 문제가 아니다. 막내로서 양보할 수 없는 '고집'일지도 모른다.

사야카가 자칫 '어머니보다 시끄러운 잔소리꾼'이 될 수 있다는 것은 시노미야 일가의 상식이다.

말로 사야카를 이길 수 없는 건 유우타뿐만이 아니니까, 그렇게 발끈할 일 없다고 나오토는 생각하는데 유우타는 그리 넘길 수 없는 모양이다.

세상이 말하듯 '여자아이는 남자아이보다 조숙'하다는 건 시노미야 일가에서도 일목요연하다. 게다가 '귀엽지 않다'는 험담을 들을 정도로 '머리'도 '입'도 똑똑하다면 천하무적이다. 한마디 던지면 시끄럽게 그 세 배 정도는 윽박지를 수 있는 성가신 성미에, 나오토 같은 경우는 입을 다물고 냉큼 백기를 들기 일쑤다.

뭘 해도 애매하고 우유부단한 건 싫지만 크게 자기주장을 하려면 나름대로 에너지가 필요하다. 상대가 사야카라면 더더욱.

그렇다면 그건 그것대로 의미 있게 활용하고 싶다고 생각한다 한들 무슨 잘못이란 말인가. 요컨대 '공격할 때'와 '물러날 때'의 타이밍만 착각하지 않으면 되는데.

나오토의 입장에서 그건 어디까지나 평온한 일상을 유지하기 위한 생활의 지혜다.

하지만 아무래도 유우타는 그런 '힘 앞에 굴복하라'는 것 같은 나오토의 약한 태도가 마음에 들지 않는 모양이다.

혼자서는 힘들겠지만 형제 둘이서 연합하면 사야카를 몰아세울 수 있다고. 말로 하지 않을 뿐 속으로 진짜 그런 생각을 하는 모양인 유우타에게는 냉큼 혼자 적 앞에서 도망쳐 버린 나오토가 남자로서 상종 못할 근성 없는 인간으로 보이는 것이리라.

그런 막내의 혈기를 외골수에 '순진한 어린애'라고 부르며 눈을 가늘게 뜰지, 혹은 '무서운 걸 모르는 꼬마'라고 부르며 쓴웃음을 지을지.

사람에 따라 각자 다르겠지만 아무리 해도 '가족'의 틀에서 벗어날 수 없는 나오토의 입장에선 그것이 목구멍 안쪽에서 때때로 묘하게 찌릿찌릿 욱신거리는 작은 '가시'가 되기도 한다.

그래서일까 나오토는 오히려 궁금해서 견딜 수 없을 지경이었다.

하필이면 '왜 나야?'라고.

정말로 사야카를 꼼짝 못하게 하고 싶다면 연합할 상대를 잘못 짚은 게 아닌가. 그러려면 자신보다 훨씬 강력한 최고의 적임자, 큰형인 마사키가 있지 않은가.

마사키라면 충분히 유우타의 뜻을 알아차리고 무슨 일이든 요령 좋게 해줄 것이다. 자신은 할 수 없는 일이라 해도 마사키라면 나름대로… 아니, 기대 이상으로 응해 줄 것이다.

익숙하지만 도저히 '평온하다'고 할 수는 없는 사야카와 유우타의 툭탁거림. 거기에 부모가 무조건 끼어들려고 했다간 유우타는 그렇다 쳐도 사야카의 반발을 피할 수 없다. 그런 사야카의 기분을 망치지 않으면서도 부드럽게 타이를 수 있는 이는 오직 마사키뿐이다.

아버지는 바빠서 아이들과 밀접한 시간을 보내지 못하기 때문에 아무래도 관계가 소원할 수밖에 없다. 그만큼 어머니가 잔

소리를 많이 하게 된다. 그런 부모자식 관계를 적당히 조정하고 시노미야 일가의 윤활유 역할을 하는 것이 큰형 마사키였다.

아버지와는 질이 다른, 절대적인 큰형으로서의 관록이라고 하면 될까.

올해 중학교 3학년에 올라가는 마사키는 검도 유단자이다.

수많은 대회를 제패해 온 자신감의 표현일까. 예의 바른 태도와 언제나 곧게 등을 편 시원시원한 장신이 이목을 사로잡는다.

나오토의… 아니, 시노미야 일가의 '자랑스러운 형'이다.

다섯 살 차이가 나서이기도 하지만 나오토는 마사키와 싸워 본 기억도 없다. 굳이 말하자면 자신과 잘 놀아 주는 형이라는 느낌이 더 강하다.

어머니의 무릎에 앉아 본 기억은 손가락으로 꼽을 정도밖에 없지만 마사키는 업어 준 것도 안아 준 것도 아직까지 기억에 선명하다. 아무리 그래도 초등학교 4학년쯤 되고 나니 형에게 딱 달라붙어 있기가 창피해졌지만. 아버지의 무릎 위가 자기 특등석이라는 듯 아직도 태연히 올라가는 유우타의 어리광도 시노미야 일가에서는 드물지 않은 광경이었다.

같은 남매라도 이성인 사야카에 대한 집착은 전혀 없지만 같은 '남자'로서 나오토가 형에게 품는 맹목적인 동경은 매우 단순하다.

'강하다'

하지만 무섭지 않다.

'상냥하다'

그래서 좋다.

'어른'

그런데 잘난 척하지 않는다.

형은 고압적으로 거칠게 말하지 않고 때로는 농담 섞은 말투로 사야카의 입까지도 다물게 할 수 있다.

그때마다 나오토는 '역시 마 쨩은 굉장해'라며 반짝반짝하는 존경의 눈빛으로 자기 형을 올려다보았다.

하지만 '왜 나인가'라는 나오토의 소박한 의문에 유우타는 바로 "왜 마사키 형이야?"라고 입을 삐죽거릴 게 틀림없다.

큰형인 마사키와 막냇동생인 유우타의 나이 차이는 일곱 살. 평소부터 유우타를 '어린애'라고 부르기를 주저하지 않는 사야카보다도 더 많다.

하물며 육체적으로도 정신적으로도 성장이 현저한 중학교 3학년과 이제야 유아기의 젖비린내가 빠지기 시작한 초등학교 2학년. 아무리 편애하는 눈으로 보아도 남자로서는… 아니, 형제로서도 비교 대상조차 되지 않는다.

유우타가 나오토에게 품는 감정의 기복을 비슷한 입장에 대한 라이벌 의식이라고 한다면, 마사키에 대한 그것은 나이 차이에서 오는 소외감과 원인 모를 콤플렉스다.

두 살이라는 나이 차이는 결코 넘을 수 없는 '허들'이 아니다.

하지만 일곱 살의 차이는 그야말로 '벽'이었다.

마사키가 유우타를 노골적으로 무시하거나, 무조건 형 행세를 하는 게 아니다.

아닐뿐더러, 장난꾸러기 유우타의 그늘이 되고 햇빛이 되어 여러 가지 면에서 보조해 주고 있는 이는 사실 어머니도 아버지도 아닌 마사키다. 그런 형의 자연스러운 배려가 오히려 유우타의 짜증을 자극한다.

부탁하지도 않았는데 쓸데없는 짓 하지 마! 라고.

뭘 하든 등 뒤에 마사키의 그림자를 느낀다. 그게 싫다. 자신의 일거수일투족을 전부 간파하는 것 같아서.

자기 일은 스스로 할 수 있다. 그러니까 내버려 두었으면 하는 것이다.

그렇게 막냇동생인 자신을 무신경하게 돌보는 주제에, 마사키는 자기 속셈을 드러내지 않는다. 말투는 부드럽고 상냥하지만 어딘가… 뭔가 선을 긋듯이 자기 영역 안에는 발을 들이지 못하게 만든다.

그런 게 불공평하다고 생각했다.

마치 처음부터 상대도 되지 않는다는 듯해서 화가 난다.

밀어도 잡아당겨도 꿈쩍도 하지 않는 두껍고 무거운 철문. 유우타가 느끼는 소외감을 단적으로 말하면 그런 표현이 제일 어울릴지도 모른다.

아버지와는 다른, 나이 차이가 나는 형. 그 거리감을 잘 파악할 수 없어서 공연히 마음이 불편하다.

아버지에게도 어머니에게도 솔직히 어리광 부릴 수 있는데.

사야카에게는 되는 대로 말할 수 있는데.

벗고 스킨십을 하든, 그냥 장난을 치든 나오토 상대로는 별로 신경 쓰이지 않는데.

그런데… 어째서인지.

마사키만이 유우타의 내면에서는 '다른 범주'였다.

그게 마음에 걸려서 유우타는 큰형을 '마사키 형'이라고 풀네임으로 부른다.

그건 자기가 진심으로 맞서는 사야카를 '누나'라고 부르거나, 두 살 차이 따위 동갑이나 마찬가지라는 듯 나오토를 '나오 쨩'이라고 부르는 것과는 또 다른 의미였다. 유우타는 내면에서 명확한 선 긋기를 하고 있었다.

평소에 유우타의 앞에서는 뭔가 오만하고 바로 어른스러운 척하는 누나 사야카는 마사키를 앞에 두면 완전히 다른 사람처럼 묘하게 귀여운 척한다. 너무나도 노골적인 그 태도에 저도 모르게 발끈해 버릴 정도였다.

더 화가 나는 것은 사야카의 편도 유우타의 편도 들지 않는 나오토조차 보란 듯이 마사키를 따른다는 점이었다.

귀여운 척 수줍어하는 사야카와는 반대로 나오토의 희로애락은 평소에 그다지 눈에 띄지 않는데, 마사키에게는 완전히 열어젖히고 서비스를 한다. 그게 마음에 들지 않아서 그만,

"바보 같아. 나오 쨩, 그거 마사키 형이 입던 거 물려받은 거지? 하나도 안 어울려. 엄마한테 새로 사달라고 하면 되잖아."

화풀이하듯 폭언을 내뱉고 싶어질 정도로.

같은 남자고 형제인데 이 차이는 무엇인가.

'왜'…?

'뭐'가?

'어떻게' 다른 거지?

아무 위화감도 없이 마사키에게 어리광을 부릴 수 있는 누나와 형이 부러운 것이 아니다. 그저 큰형이라는 것만으로 사야카에게도 나오토에게도 조건 없이 사랑받는 마사키의 존재가 샘나는 것이다.

언제까지고 부당하게 '어린애' 취급 받는 막내인 자신이 이길 수 없는, 절대적으로까지 여겨지는 신뢰감.

치사하다고 생각한다.

그걸 눈앞에서 볼 때마다 유우타의 소외감은 점점 더 커져만 간다. 형제 중에 자기만 따돌림당하는 것 같아서.

그게 마사키에 대한 '질투'라는 이름의 콤플렉스라고 명확하게 깨닫기에 유우타는 아직 너무 어렸다.

"그럼 멍하니 앉아 있지 말고 좀 도와. 나오도 그러고 있잖아. 정말이지 식탐만 부리고 언제까지고 어린애 같다니까."

익숙한 손놀림으로 테이블을 세팅해 가는 사야카의 말투는 인정사정없다.

나오토의 생일이 딱 일요일과 겹쳐서, 어머니와 장녀는 잔뜩 실력을 발휘해서 진수성찬을 만들고 있다.

물론 나오토는 오늘 밤의 주역이라 해도 자기 생일을 축하해 주기 위해 바삐 일하고 있는 여성진을 곁눈질하며 느긋하게 '손님' 상태로 있을 수 있을 정도로 무신경하지 않다. 할 수 있는 일은 뭐든 돕고 기분 좋게 생일을 맞이하고 싶다는 것이 나오토의 거짓 없는 본심이었다.

하지만 그래도 '사야 누나, 일일이 날 핑계로 대지 말아 줘…' 라는 게 나오토의 절실한 마음이기도 하다.

형제로 태어난 이상 기회가 있을 때마다 늘 비교대상이 되는 것은 피할 수 없는 '숙명'이기도 하지만. 그래도 나름대로 '때와 장소와 상황'은 잘 가려 줬으면 좋겠다고 생각한다.

그런데 완전히 토라져 버린 유우타는 입을 삐죽거리며 "누나, 그런 식으로 말하는 거 진짜 짜증나. 내가 도와준다고 하면 바로 방해꾼 취급하면서!"라며 이미 전투 모드다.

유우타에게는 미안하지만 나오토는 유우타를 '방해꾼 취급' 하는 사야카의 마음도 이해가 간다.

무슨 일이든 호기심이 왕성한 유우타는 독창성이 뛰어나고, 무엇이든 하고 싶어 하는 기분파다. 일이 잘 풀리면 그런 적극성도 좋은 방향으로 발휘되지만 반면에 질리는 것도 빠르다.

그에 비해 사야카는 딱 부러지게 스케줄을 짜서 무슨 일이든 척척 해내는 타입이다.

그런 두 사람이 좁은 주방에 나란히 섰을 때 일이 매끄럽게 진행될 리가 없다는 것은 누가 보아도 일목요연했다.

유우타는 어디까지나 자기 페이스로 하고 싶은 대로 하고.

그 때문에 쓸데없이 시간을 잡아먹다가, 요리의 순서나 리듬이 엉망진창으로 흐트러져서 사야카가 짜증을 낸다.

'이런 이런, 곤란하네'라면서 쓴웃음을 짓는 것은 아이의 의욕을 키우려면 인내심이 필요하다며 체념하고 있는 마음 넓은 어머니뿐.

결국에는 진짜로 화가 머리끝까지 나기 직전이 된 사야카의 "유우타, 네가 있으면 방해돼"라는 심판의 한마디로, 유우타는 주방에서 쫓겨나게 되어 버렸다.

유우타의 입장에서는 '모처럼 도와주려고 한 건데 왜?!'라고 생각할 만한, 당치도 않은 레드카드였을 것이다.

그때 일을 아직까지 담아 두고 있었는지, 아니면 아직까지 옐로카드 한 장도 받지 않고 사야카의 어시스턴트 역할을 무난히 해내고 있는 나오토가 부러운 것인지. 아니면 샘나는 것인지. 카운터 안쪽의 나오토를 찌릿 노려보며 "나오 쨩도 하고 싶으니까 좋아서 하는 거지? 그럼 됐잖아"란 식으로 얄밉게 말한다.

생각지도 못한 불똥이 튀어서 나오토는 입을 다문다. 이렇게 되면 유우타는 누가 달래도 요지부동이다.

"마사키 형도 전혀 안 하잖아. 그럼 나도 먹기만 할 거야!"

그런데 화살이 마사키에게까지 향한 그 순간.

이번에는 사야카가 눈에 띄게 확 눈꼬리를 치켜 올렸다.

'아… 유우타, 이 멍청이.'

"무슨 소리야. 오빠는 아침부터 검도 시합에 갔다가 아까 돌아온 지 얼마 지나지도 않았다구. 너처럼 계속 놀고 있었던 게 아니야!"

사야카가 엄청나게 험악한 태도로 지껄인다.

'타이밍이 너무 안 좋아….'

나오토는 그만 중얼거리지 않을 수 없었다.

나오토가 자기도 모르게 마사키에게 경도되는 것과 마찬가지로, 마사키에 대한 사야카의 브라더 콤플렉스도 엄청나다. 마사키 본인이 때때로 쓴웃음을 지어 버릴 정도로.

그런 누나의 설레는 마음을 건드렸다가 쓴맛을 보고 싶지 않기에, 나오토는 농담이라도 입 밖으로 내서 말하지 않는다. 하지만 '브라더 콤플렉스'라는 말은 알아도 깊은 의미를 정확히 파악하지 못한 유우타는 겁도 없이 툭하면,

"왜 마사키 형만 특별대우 하는데? 치사해. 그런 건 차별이잖아."

보란 듯이 입을 삐죽거린다.

그런다고 옛날부터 당당하던 사야카의 '그게 뭐 어쨌다고?'란 태도가 무너진 적은 단 한 번도 없었지만.

문제의 마사키는 이른 아침부터 검도 시합을 나갔다가, 유우타가 오기 조금 전에 돌아왔다. 지금은 욕실에서 땀을 씻어 내고 있다.

사실 그 목욕도 마사키가 돌아온다는 전화를 받은 사야카가 적절한 온도로 목욕을 할 수 있도록 시간을 재서 준비했다.

돌아온 마사키는 그것을 알고 "고마워" 하고 생긋 웃으며 말했다. 녹아내릴 것 같은 얼굴로 웃는 사야카를 엿본 그때. 나오토는 늘 저런 식이라면 우리 집도 훨씬 평화로울 텐데⋯ 라고 생각했다.

그나저나 오늘은 지구대회의 단체전이 있었다. 마사키가 다니는 메이와 중학교는 오후부터 결승 토너먼트까지 순조롭게

나아갔지만, 유감스럽게도 베스트4까지 올라가지는 못한 모양이다.

단체전은 팀의 힘을 겨룬다. 누구 한 명만 특별히 강해도, 종합적인 힘에서 뒤지면 이길 수 없다. 지금 있는 전력상 누구를 어디에 내보내면 확실히 승리를 얻을 수 있을지. 그걸 겨루는 승부이기도 하다.

베스트4에 남지 못하자 사야카는 마치 자기 일처럼 분하게 여겼다. 하지만 이럴 때에는 서툰 위로의 말이 오히려 좋지 않을까 봐 나오토는 "유감이네"라는 말밖에 하지 못했다.

"중체련(일본 중학교 체육연맹의 준말) 대회까지는 아직 시간이 있으니까. 복수를 하기에는 좋은 자극이잖아?"

반대로 마사키는 차라리 후련하기까지 한 말투로 웃었지만. 평소보다 훨씬 오래 목욕하는 것은 역시 패배의 아쉬움을 곱씹고 있기 때문일지도 모른다.

사야카도 요리를 만들 때 몹시 의욕이 넘쳤다. 오늘은 물론 나오토의 생일이지만, 동시에 어쩌면 마사키의 승리 축하 파티를 하려던 것일지도 모른다. 그게 허사가 되어 버린 상황에 유우타가 부주의하게 '지뢰'를 밟아서 사야카의 기분이 단숨에 나빠진 모양이다.

어쩌면 오늘은 무슨 액일이라도 되는 걸까?

나오토는 그런 생각에 지긋지긋해서 그만 한숨을 흘리고 싶어졌다.

일촉즉발의 사야카와 유우타는 여전히 서로 노려보고 있다.

아무리 그래도 이건 좀 위험한 게 아닐까? 라고 나오토가 생각한 그때.

"나오, 욕실 써도 돼."

시노미야 일가의 구세주는 대스타가 이럴까… 싶을 정도로 멋진 타이밍에 모습을 드러냈다.

그에 대한 반응은 삼인 삼색으로 싹 나뉘어 버렸지만.

나오토는 눈에 띄게 안도의 한숨을 내쉬고.

사야카는 태도가 싹 바뀌어 생긋 웃으며 "아… 오빠. 아버지가 아직 안 오셨어. 조금만 더 기다려"라고 마사키에게 말했다.

'사야 누나, 너무 노골적이야….'

너무나 재빠른 변모에 나오토도 어이가 없을 정도다.

사야카의 브라더 콤플렉스는 어제 오늘 일이 아니지만, 이렇게 노골적으로 다르게 취급하는 모습을 과시하니 나오토조차도 '이건 좀…'이라고 생각할 수밖에 없다.

하물며 유우타는 당연히 그런 누나의 태도에 더 발끈한 듯 입을 삐죽 일그러뜨렸다.

아직 사야카에게 하고 싶은 말이 산처럼 쌓여 있지만 그중 어떤 말을 어떻게 내뱉으면 좋을지 모르겠다는 표정이었다.

"왜 그래? 무슨 일 있어?"

도저히 '온화하다'고는 말하기 어려운 분위기를 알아차렸는지, 마사키가 의아한 표정으로 묻는다.

"별일 아냐. 그저 유우타가 음식을 집어먹으려 했을 뿐이야."

"집어먹는 거 아냐. 맛보려고 한 거야."

뚱하니 부루퉁해진 유우타는 계속 우긴다.

집어먹으려고 했든 맛을 보려고 했든. 옆에서 보면 어느 쪽이든 별 차이는 없는 것 같은데 유우타에게는 유우타 나름의 '차이'가 있는 모양이다.

마사키는 벌써 오후 6시가 지난 벽의 시계를 보고 납득한 듯 고개를 끄덕인다.

"아아… 배가 고플 만도 하지."

그리고 설교 같은 기색은 조금도 느껴지지 않는 말투로 키 큰 몸을 굽혀 유우타의 얼굴을 살핀다.

"하지만 모처럼 어머니와 사야카가 고생하고 있으니까, 조금만 더 기다릴 수 있지?"

마사키의 눈은 어렴풋이 푸른 기가 감도는 아름다운 금갈색이다.

어쩐지 딱딱한 보석 같기도 한 그 두 눈은 반짝반짝 빛난다. 그만 황홀해서 매료되어 버릴 정도로, 전혀 일본인 같지 않은 그 신비한 색조는 마치 빛에 따라 수많은 색을 자아내는 만화경 같았다.

그렇기에 마사키가 정면으로 가만히 바라보면, 어째선지 사람들은 예외 없이 할 말을 잃어버리고 만다.

이 세상에 재앙을 가져온다는 '사안邪眼'이 정말로 존재한다면, 마사키의 두 눈은 사람의 생각을 멈추게 하는 '매료안魅了眼'일지도 모른다.

아마도 마사키가 마음만 먹는다면 누구든 한 방에 넘어갈 것이다.

물론 어린애인 유우타도 예외가 아니다.

"오늘은 나오의 생일이니까, 다들 모인 다음에 먹는 게 훨씬 더 맛있을 거야."

마사키가 눈도 깜빡이지 않고 가만히 바라보자, 유우타는 아무 말도 할 수 없게 된다. 기분 탓인지 귀까지 약간 빨개진 것은 단순히 냉큼 구워삶아진 자신이 한심해서 혀를 차고 싶은 심경 때문만은 아닐 것이다.

"응? 유우타, 기다릴 수 있지?"

유우타는 입술을 삐죽이긴 했지만 그래도 고개를 끄덕인다.

그러자 마사키는 밝게 웃으며 '착하지, 착하지'라는 듯 유우타의 곱슬머리를 두세 번 부드럽게 흐트러뜨렸다.

있는 대로 어리광을 부리며 자란 장난꾸러기 막내는 사실 어린애 취급 받는 것을 무엇보다 싫어한다. 만약 다른 누군가가 그런 짓을 한다면 아마 유우타는 흥 하고 토라져서 바로 손을 뿌리치겠지만 상대가 마사키인 이 상황에서는 조금 사정이 다른 것 같다.

머리를 쓰다듬는 마사키의 손이 생각보다 상냥했기 때문일까.

아니면, 생각지도 못한 큰형과의 스킨십에 동요하여 몸도 마음도 굳어 버린 것일까.

하얀 피부를 어렴풋이 붉히고, 꿔다 놓은 보릿자루보다도 얌전해진 순종적인 유우타.

'내일은 해가 서쪽에서 뜨려나….'

난생 처음 보는 동생의 모습에 나오토는 저도 모르게 신음하고, 사야카는 어이가 없다는 듯 눈을 크게 뜬다.

자신이 유우타를 어떻게 대했는지는 생각해 보지도 않고. 아까까지는 확실히 온몸의 털을 곤두세우고 있었으면서 왜 이렇게 변한 건데? 라고 말하고 싶다는 듯이.

마사키는 그걸 아는지 모르는지, 일단 자기 역할은 끝났다는 양 그 자리를 떠나 카운터 너머에서 나오토에게 말을 걸었다.

"나오. 차가운 음료수 한 잔 줄래? 평소보다 목욕을 오래해서 어쩐지 목이 말라."

나오토는 그 목소리에 튕겨나듯이 황급히 냉장고 문을 연다.

"우롱차? 포카리스웨트?"

"음… 우롱차."

나오토는 잔이 아니라 평소에 마사키가 좋아하는 머그컵에 우롱차를 넘실넘실 따라 넘겨준다.

"고마워."

그렇게 말하고 받아드는 마사키의 손가락은 길고 유연하다. 전혀 검도를 하는 사람의 손 같지 않다.

늘씬한 장신의 마사키가 도복을 입고 죽도를 쥔 모습은 물론 그것만으로 충분하고도 넘칠 정도로 보기 좋지만, 나오토는 마사키가 "취미로 하는 것뿐이야"라고 잘라 말하면서 치는 피아노를 듣는 것도 좋아했다.

특히 사야카와 피아노 연탄 같은 걸 하면 정말이지 최고다. 그 승부욕 강한 사야카가 굉장히 행복한 듯 만면에 미소를 띤

모습은 좀처럼 볼 수 있는 게 아니기도 하고.

두 사람이 아직 같은 피아노 교실에 다니던 무렵. 한 해에 두세 번 이루어지는 발표회에서 그렇지 않아도 눈에 띄는 두 사람이 정장을 차려입고 나란히 서 있으면, 그림으로 그린 것처럼 화려했다. 갑자기 다른 세계에 온 듯 감격스러울 정도로 두드러지던 그 모습을 나오토는 지금도 선명하게 기억한다.

본래 다니던 유치원 체험 코스의 정서교육의 일환으로, 방과 후 피아노 교실이 포함되어 있었다. 그러다가 어쩐지 흥미를 느끼고 시작한 피아노가 마사키는 꽤 마음에 들었던 모양이다.

그런 의미에서는 자연스럽게 축구나 미니 농구 등 체육 코스로 빠져 버리는 다른 남자아이들에 비해 상당히 이색적이었다. 여자아이들 사이에 섞여 피아노를 치는 마사키는 주위에서 여러 가지로 놀림도 받았지만 당사자는 전혀 신경 쓰지 않았다.

물론 시샘을 담아 떠들어대는 것은 버릇없는 남자애들뿐. 그 무렵부터 이미 피아노를 치는 마사키의 주위는 높다란 소리를 지르는 여자아이들로 가득한 상태였다.

초등학교 고학년이 되자 친구의 권유로 검도를 시작했다.

그리고 중학교에 들어가 본격적으로 검도를 하기 시작한 마사키는, 피아노 교실과의 양립은 어렵다 판단하고 곧바로 그만둬 버렸다.

마사키의 영향으로 피아노 교실에 다니고 남매끼리 콩쿠르에 나가기를 꿈꾸던 사야카는 차마 말로 표현할 수 없을 정도로 낙담했다.

그 뒤부터일까. 마사키에 대한 사야카의 눈에 띄는 '편애'에 박차가 가해진 것은.

"모처럼 계속해 왔는데, 지금 그만두다니 아깝잖아."

모두 똑같이 그 생각을 했지만 아무도 그렇게 말하지 않았던 것은, 마사키에게 검도 한길만 걷고 싶다는 강한 의지와 그럴 만한 재능이 있었기 때문이다.

사실 중학생이 되고부터 눈에 띄게 두각을 드러냈고 개인전에서는 어떤 시합이라도 늘 베스트8에서 벗어난 적이 없다. 일본인 같지 않은 용모와 함께 그 재능은 단숨에 개화했다.

키가 크고 다리가 길다.

중학교 3학년이면서 180센티미터에 가까운 큰 키에, 몸에는 군살이 없고 강인하다.

게다가 모두가 걸음을 멈추고 홀린 듯 바라볼 정도로 이목구비가 뚜렷하고 단정한 용모는, 8등신의 모델 체형에 너무도 잘 어울렸다.

색소가 옅은, 푸른빛이 도는 금갈색 눈.

조금 곱슬곱슬하고 부드러운 천연 갈색 머리카락.

아마 아버지 쪽 증조부가 외국인이었던 흔적이겠지만, 같은 형제인데도 어째서인지 마사키 혼자만 훌륭히 격세유전을 받은 듯한 용모라, 말하지 않으면 누구도 마사키와 아래 세 명이 친형제라고는 생각하지 않을 것이다. 실제로 마사키가 태어났을 때에는 약간의 소동이 있었다.

하지만 닮지 않았다고 열등한 것은 아니다. 오히려 매우 독특한 개성을 가지고 있다는 면에서 시노미야 일가 3남1녀의 '혈연'은 절대로 부정할 수 없었다.

아버지와도 어머니와도, 여동생이나 남동생들과도 다른 이상함.

마사키를 본 누구나가 우선 그 용모에 감탄하고 마사키가 쿼터도 아닌 일본인이라는 사실을 알면, 똑같이 경악하여 신음을 흘린다.

그 때문에 마사키가 전혀 콤플렉스를 느끼지 않았다면 거짓말이다. 아직 어리던 무렵에는 특히.

생판 남들만 소문을 좋아하고 무책임하게 구는 것은 아니다. 은근히 밀접한 이해관계가 얽히는 만큼, 사실 친척이라는 '혈연을 가진 사람'들이 훨씬 더 질이 나쁘기도 하다.

그래서 마사키는 당치 않은 편견과 모멸에는 나름대로 빈틈없이 이자를 더해 되갚아주었다.

침묵은 결코 미덕이 아니다.

스스로 그 한 걸음을 내딛지 않으면 자신도 주위도, 아무것도 변하지 않는다.

그것들을 제대로 실천함으로써 마사키는 강해졌다. 머리 위에서 시끄럽게 무리지어 다니는 파리를 한 번 노려보는 것만으로 떨어트릴 수 있을 만큼 충분히.

인간. 좋은 의미에서든 나쁜 의미에서든, 뭔가 하나라도 남보다 지나치게 눈에 띄면, 다른 이들의 시샘도 강렬해진다. 하지만 완벽… 하다고까지 말할 수는 없어도, 나름대로 조건을 갖추면 사람은 시샘하는 일에 허무함을 느끼고 관대해질는지도 모른다.

물론 다이아몬드 원석이라 할지라도 닦아서 빛을 내지 않으면 그저 돌덩어리이기에, 자신의 '재능'을 빛내기 위한 자각과 노력이 필수조건이라는 것은 굳이 말할 필요도 없다.

스스로에게 자신감을 가질 수 있을 정도로 강해지면, 남을 배려할 여유와 상냥함이 생겨난다.

하물며 여동생이나 남동생들은 솔직히 귀엽다.

설령 좀처럼 잘 따라주지 않는 응석받이라 해도. 그 응석받이는 너무나도 속이 들여다보이는 태도라 저도 모르게 웃음이 나올 정도다.

이러쿵저러쿵하는 사이에 이윽고 현관 벨이 울리고, 아버지인 케이스케가 나오토의 생일케이크를 들고 돌아왔다.

그리하여.

이제야 가족 여섯 명이 모여 다들 각자의 자리에 앉는다.

"그럼 우선 나오토."

케이스케가 이름이 새겨진 케이크에 초를 열 개 꽂고 불을 붙인다.

생일에 늘 하는 축하다.

하지만 역시 4학년쯤 되면 그런 뻔한 일이 어쩐지… 묘하게 쑥스럽다. 그래도 '이제 됐어'라고 말하지 않는 건, 1년에 한 번 있는 생일이기 때문일지도 모른다.

"자, 소원은 제대로 빌었니?"

'유우타도 아니고, 그런 어린애 같은 짓은 안 해…'

그렇게 생각하면서.

'하지만 역시 조금… 그러는 척이라도 해둘까.'

몇 초간 눈을 감는다.

그리하여 촛불을 불어 끄려고 커다랗게 숨을 들이마셨다.

그 순간.

열 개의 촛불은 어째서인지 단숨에 꺼져 버렸다.

'어…? 뭐, 지?'

나오토는 무슨 일이 일어났는지 알지 못하고 잠시 멍해진다.

그때 곧장 사야카가 "유우타! 너 뭐 하는 거야!" 비난하며 외쳤다.

"그렇지만 나오 쨩 아까부터 폼만 잡잖아. 촛불이 꺼지지 않으면 '잘 먹겠습니다' 못 하잖아? 그러니까 뭐 어때. 나 이제 못 참겠어."

"바보! 쓸데없는 짓 하지 마!"

그것은 유우타를 뺀 가족 모두의 솔직한 '마음의 외침'이었으리라.

"엄마. 이제 먹어도 돼?"

그런데 유우타는 조금도 주눅 든 기색이 없다.

참다못한 케이스케가 눈썹을 찌푸리며 타이르려고 했다.

그때.

"유우타!!"

뚝 하고, 나오토의 인내심의 끈이 끊어졌다.

벌떡 일어선 나오토가 의자를 걷어찬다.

그러자 역시 신변의 위협을 느꼈는지 유우타는 재빨리 의자에서 물러나, "나오 쨩이 빨리 안 하니까 그렇잖아!"라고 밉살스럽게 말하며 제일 안전한 장소인 케이스케의 무릎 위로 잽싸게 피난해 버렸다.

너무나도 막내다운 요령 좋은 그 행동에, 단 한 명을 빼고 모두 똑같이 넋이 나가 한숨을 흘린다.

'때릴 거야… 반드시, 한 대 때려 줄 거야!'

하지만 1년에 한 번 있는 축하 자리의 가장 중요한 상황에, 옆에서 냉큼 '주역'의 자리를 빼앗겨 버린 나오토는 흔치 않게도 진심으로 화가 난 상태였다.

그 표정에 이건 정말로 위험하다고 생각했는지.

"나오!"

마사키가 황급히 나오토를 뒤에서 끌어안는다.

"놔! 마 쨩! 유우타 녀석, 때려 줄 거야!"

"그만. 어이, 나오!"

나오토가 마사키의 품속에서 마구 날뛴다.

아무리 마사키의 체격이 나오토보다 훨씬 크다지만, 진심으로 화가 나서 날뛰는 몸을 억누르는 것은 고생스럽다. 마사키는 자칫 잘못했다간 품속에서 튕겨나갈 듯한 나오토를 말리며 필사적으로 끌어안는다.

정말이지. 평소에는 말 잘 듣고 아무 수고도 끼치지 않는 나오토의 어디에 이런 격정이 숨어 있었는가 하고, 마사키는 내심

혀를 내두른다.

유우타는 유우타대로, 생각지도 못한 나오토의 화난 모습에 아버지의 무릎 위에서 새삼스럽게 창백해진다.

시노미야 일가에서 '응석'은 막내인 유우타의 특권이었다.

그래서 기본적으로 어리광쟁이에 응석받이인 유우타는 완전히 얕보고 있었다. 아무리 '응석'을 부려도 가족들이 결국 마지막에는 '어쩔 수 없군'이라는 한마디로 용서해 줄 거라고.

케이크의 촛불을 꺼버린 것은 대수롭지 않은 장난이었다.

사야카와 말싸움을 할 때 나오토는 조금도 제 편을 들어주지 않았으니까.

게다가 마사키에게까지 '어린애' 취급을 받아서 유우타는 내심… 상당히 화가 나 있었다.

그러니까 그건 아주 사소한, 화풀이를 위한 앙갚음이었다.

그런데….

설마 나오토가 저렇게 진지하게 화를 낼 줄은 생각지 못했다.

'나오 쨩은 화가 나면 진짜 무서워….'

이때가.

처음으로.

유우타가 두 살 연상의 형에 대한 인식을 조금 바꾼 순간이기도 했다.

"자, 나오, 진정해. 착하지, 응?"

마사키는 나오토를 품속에 끌어안은 채, 가족들이 있는 테이블에서 떨어져 소파에 앉아 달래듯 속삭인다.

품속의 나오토는 아직 완전히 격정에 휩싸여 있다. 그 때문일까, 끌어안은 나오토의 몸이 달아올랐다.

예쁘게 생긴 귓바퀴도.

새하얗고 결이 고운 목덜미도.

지금은 완전히 발갛게 달아올랐다.

의외로 여겨질 정도로 예쁘게 치켜 올라간 눈썹도.

조그마하고 얇은 입술도.

분노로 떨리고….

밀착한 온기와 빨리 뛰는 심장이, 직접적으로 마사키에게도 전해졌다.

"유우타도, 봐. 아버지에게 호되게 혼나고 있잖아."

마사키는 그렇게 말하며 자신과는 달리 부드럽고 윤기 있는 검은 머리카락의 감촉을 확인하듯, 느릿하게 몇 번이고 나오토의 머리카락을 쓰다듬어 준다.

'그러고 보니까 이런 스킨십도 꽤 오랜만이군.'

그렇게 생각하면서.

쑥스러운 것인지, 부끄러운 것인지. 요즘은 전처럼 딱 달라붙어 있지 않게 된 나오토의 몸을 어르며, 다른 한 손으로 가볍게 손을 잡아 준다.

"그러니까, 응? 이제 괜찮지? 모처럼 생일이니까 기분 풀어."

하지만 나오토는 여전히 "…싫어. 유우타 자식, 한 대 때려 주지 않으면 기분 안 풀려"라며 칭얼거린다.

그리고 마사키는 알아차렸다. 지금까진 막내의 응석에만 눈이 갔지만, 다섯 살 연하의 이 남동생이 의외로 고집쟁이라는 사실을.

'그래. 4학년이니까. 이쪽도 아직 어린애지.'

그걸 생각하니 뭔가 의외의 발견을 한 것처럼 기뻐서, 속으로 어째서인지… 웃음이 나왔다.

"바보야. 유우타를 때려 봤자 손만 아프다니까. 응?"

"하지만…."

"음… 그럼, 밥 먹은 다음에 나오가 좋아하는 곡 쳐줄게. 내 생일 선물. 어때?"

"…진짜?"

"그래, 뭐든 괜찮아."

"한 곡만?"

"나오가 원하는 만큼. 요즘 별로 피아노를 안 만져서 조금 더 듣거릴지도 모르지만."

그러자 나오토는 조금 꿈틀거리다가 몸에서 힘을 뺐다.

"그럼… 마 쨩, 나 있잖아. 그게 좋아. 마 쨩이 작년 여름 합숙에서 돌아왔을 때 친 거…."

폭 감싸인 마사키의 품과 가슴에 그 대답 전부를 맡기듯이.

"작년… 여름? 아아… '시크릿 러브' 말이지."

그런 나오토와 마사키 두 명을 시야 한구석으로 바라보며, 사야카는 새삼스럽게 한숨을 흘린다.

역시 '여동생'은 손해야… 라고.

마사키는 모두가 부러워하는 자랑스러운 오빠였다.

마사키와 나란히 걷고 있으면 모두가 돌아본다.

그리고 말한다.

"오빠가 굉장히 잘생겼네."

"좋겠다. 저렇게 멋진 오빠가 있어서."

핸섬하기만 한 게 아니야.

멋있기만 한 게 아니야.

굉장히 다정해.

검도도 얼마나 잘하는데.

피아노도 잘 쳐.

정말 최고야.

하지만….

그렇지만.

만약 사야카가 진짜로 화를 낸다 해도. 오빠는 틀림없이 저렇게 품속에 쏙 들어가게 안으며 자신을 달래 주진 않을 것이다.

아마도.

저런 식으로 머리카락을 쓰다듬어 주지는… 않을 것이다.

저건 나오토가 '남동생'이기에 허용되는 특권이다.

사야카는 알고 있다.

아버지가 막내인 유우타만 귀여워하니까 오빠는 나오토에게 상냥하다.

언제나… 그렇다.

아버지가 유우타의 응석을 받아 주니까, 오빠는 나오토를 신경 써주는 것이다.

사야카는 알고 있다.

마사키는 상냥하니까….

그러니까 나오토가 비뚤어지지 않도록, 아버지 대신 나오토의 응석을 받아 준다.

아버지는 유우타를.

오빠는 나오토를.

그렇게 생각하자 같은 남매인데 자신만이 손해를 보는 듯한 기분이 들어서, 사야카는 어째서인지 갑자기 나오토가 얄미워졌다.

그것은

깨닫지 못한 채 저지르던 기만이 곪아 생겨난

진짜 같은 망상… 이었는지도 모른다.

늘 몸가짐 단정한 어머니의 미소가 있고

크고 믿음직스러운 아버지의 등이 있고

상냥한 큰형이 있고

말이 많지만 미더운 장녀가 있고

말 잘 듣는 차남이 있고

버릇없지만 귀여운 막냇동생이 있다.

5월 하늘은 눈부셨다.
상쾌하게 갠 푸른색.
끝없이 펼쳐진 하늘을 가로지르듯 한 줄기 비행기구름이 날아간다.
그저 그뿐인데 이유도 없이 웃음이 흘러나온다.
죽을 만큼 심심하지는 않지만 평범한 나날의 반복.
약간 삐걱거리기는 해도 일상은 온화한 시간의 흐름 아래에서 나란히, 평소처럼 조용히 흘러가는 것이라고 생각했다.

그렇다.
그날.
갑자기.
아버지가 가족을 버리고 집을 나가기 전까지는….

진짜 같은 망상

문득 정신이 들자 그곳에 있었다.

왜?

그리고 갑자기 생각이 돌아온다.
느닷없이 스위치가 'OFF'에서 'ON'으로 바뀌어 버린 것처럼.

여긴 어디—지?

…모르겠다.
여기가 어디고.
언제부터?
무엇 때문에?
자신이 여기에 있는지.
확실히 눈을 뜨고 있는데. 가만히 응시해도 아무것도 보이지 않는다.

칠흑 같은 어둠?

보이지 않는다면 눈을 감고 있어도 마찬가지겠지만.

그래도.

그만 잘못 눈을 감아 버리면 자신의 존재 자체를 인식할 수 없게 되어 버릴 것 같아서.

두렵다.

지금 여기에 있는 자신.

그것만이 이 세계의 유일한 아이덴티티인 것 같은 기분이 들어서.

응시한다.

있는 그대로.

소실점이 없는 심연을.

그곳은….

지루하고 무거운 어둠이었다.

덥지도 않고 춥지도 않다.

목이 따끔따끔하는 갈증도, 불쾌한 끈적거림도 없다.

그저 기묘한 질량으로 가득한 모노톤의 세계였다.

밀폐된 공간인지,

혹은 끝없는 심층인지조차.

알 수가 없다.

바람의 흔들림도, 냄새도 느껴지지 않는 정적과 침침하고 무거운 침묵.

세계가 칠흑의 정적으로 가득한 것일까?

아니. 그럴 리가 없다.

그러니까

이건 '꿈'일 것이다.

…아마도.

아니. 틀림없이….

그렇게 생각하고 일단 깊이 숨을 내쉰다.

꿈이라면 언젠가 깰 것이다.

그것은 막연한 '확신'이 아니라, 머릿속 어딘가에 새겨진 기묘한 '감촉'이었다.

누구의?

언제의?

무엇을 위한…?

바로 그때.

갑자기.

칠흑의 베일이 흔들렸다.

정적이란 이름의 잔 끝에서 침묵의 물방울이 흘러 떨어진다.

주룩… 하고

한 줄기 선을 그으며 방울져 떨어진다.

한 방울.

두 방울.

그것은 수면에 퍼지는 파문처럼 조용히 어둠을 흔들었다.

가늘게.

—엷게.

흔들리는 정적의 팽팽한 여운을 파고들며.

그리하여 그것은 이윽고 밀려왔다가 밀려가는 잔물결처럼 공명한다.

달콤하게 상기된 합창의 바람을 품고.

"아… 아아아…."

그러자 두근… 하고 작게 심장이 뛰었다.

가슴속에서.

시야 한구석에서.

숨결 끝에서.

"응… 아아아ー."

그때.

무언가에 지글 하고 피가 들끓었다.

알고 있다.

저게 무엇인지.

나는… 알고 있다.

"ー씨."

달콤하고 상기된 목소리였다.

평소와는 다른?

뭔가… 이질적인?

모르는 사람의 목소리로, XXX을 부른다.

'싫어.'

'안 돼.'

'부르지 마!'

이성이 경고한다.

듣고 싶지 않아!

"으… 앗, 응— 지… 마…."

상기된 음란한 목소리가 휘감긴다.

"그만두지 마."

"가지 마."

"버리지 마."

XXX의 목에.

팔에.

다리에.

끔찍하게 주박하는 독을 흩뿌리며.

'거짓말이야.'

'아니야.'

'그만해!'

솜털 끝까지 소름이 돋고, 오감은 그것을 거절한다.

보고 싶지 않아!

그런데

높다랗게―낮게.

금이 가서 겹쳐지는 '목소리'와 귀에 거슬리는 '삐걱거리는 소리'가 폭로한다.

기억을.

도망쳐 버리고 싶어….

'저 〈소리〉로부터.'

　　'이 〈어둠〉으로부터.'

　　　　'이 〈주박〉으로부터!'

그런 몸부림을 비웃는 양 그것이 갑자기 시야를 찌른다. 점점 더 빨라지는 뒤틀린 심장이 결국 튀어 나가 버릴 것처럼.

눈꺼풀을 태우고.

관자놀이를 걷어차고.

뜨겁고 예리한 송곳니로 인정사정없이 심장을 도려냈다.

"싫어어어! …지, 마! ―짱… 따위―오빠 따위, 싫어어어어!"

가족이라는 이름의 착각

『――――!』

갑자기 머릿속 깊은 곳을 푹 찌르는 듯한 '소리'를 듣고 벌떡 일어났다.

'…어?'

나오토는 한순간 어둠 속에 굳어 버린다.

'…뭐…지?'

어디까지가 '꿈'이고.

대체 어디까지가 '현실'인지.

순간적으로 판단이 되지 않아서.

어쩌면 갑자기 꿈의 '이면'을 뚫고 나와 버린 게 아닐까. 그런 생각까지 들어서, 어색하게 눈을 깜빡인다.

그러자 갑자기 목이 얼얼해졌다.

착각이 아닌 갈증.

그것을 느낀 순간.

술렁, 하고.

소름이 돋았다. 솜털 끝까지 곤두서는 것처럼.

그리고 마침내 그곳이 낯익은 자기 방이라는 사실을 알아차린 나오토는 굳어 버린 채 숨을 삼켰다.

'…뭐지, 왜.'

마른 입술을 몇 번이고 혀로 적시고 혀를 찬다. 오랜만에 굉장한 악몽을 꾸었다고 생각하며.

하지만.

'꿈…?'

악몽?

금세 말로 표현할 수 없는 씁쓸함을 어금니로 악물고 '어디가!'라고 내뱉는다.

그것은 '꿈' 따위가 아니다.

두 번 다시 떠올리고 싶지 않은, 끔찍한 '기억'의 단편이었다.

'익숙해졌어'라고 거짓말하기에는 너무 생생한.

'잊었어'란 한마디로 딱 잘라 버리기에는 너무 무거운.

그래서 때때로….

억지로 봉인해 버린 기억의 심연에서 촉수를 뻗어, 느릿하게 기어 올라오는 것이리라. 아직 아무것도 끝나지 않았다는 것을 나오토에게 알리려는 듯.

'아무리 깊이 팬 상처라도 시간이 모든 것을 치유해 준다.'

그런 잠꼬대는 마음 편한 방관자의 헛소리에 지나지 않는다는 것을, 나오토는 뼈저리게 실감한다.

눈에 보이는 상처는 치유되어도 아픔은 추억이 되지 않는다. 빠지지 않는 가시처럼 언제까지고 욱신욱신 쑤실 뿐이다.

울고 싶어도 울 수 없는 순간이 있다. 마치 모든 감정이 갑자기… 마비되어 버린 것처럼.

시야는 또렷하고 선명한데 아무것도 들리지 않는다.

그저 발밑이 흔들리며 무너져 가는…. 그런 한순간이.

피는 말라도 딱지는 남는다.

일어나 버린 일을 아무리 후회해도, 있었던 일을 없었던 일로
돌릴 수는 없다. 설령 눈을 도려낸다 해도 뇌리에 새겨진 것은
사라져 주지 않는다.

용서할 수 없다.

용서하지 않겠다.

하지만 진심 뒤편에는 말로 할 수 없는 절박한 '마음'도 있다.

좋아하니까 용서할 수 없다.

용서할 수 없으니까, 미워할 수밖에 없다.

그러니까 쳇바퀴 도는 딜레마는 '뫼비우스의 띠'처럼 끝이 없
는 것이리라.

진실은 단 '하나'지만, 그게 늘 정의의 증거가 된다는 보장은
없다.

그 진실에 이르기까지의 '사정'에는 천차만별의 '이유'가 있
음을 나오토는 안다. 눈에 비치는 사실만이 유일무이한 진실은
아니라고.

인생에 도전과 사고는 반드시 따라붙는 것일지도 모르지만,
그 결과가 마음에 들지 않는다고 제 뜻대로 과거를 리셋할 수는
없다.

그러니까 현재를 살아가기 위해서는 아픔을 비롯한 모든 것

을 '잊은' 척하고, 보이지 않는 상처에도 '익숙해질' 수밖에 없는 것이리라.

'현실 따위, 그런 거야.'

누구에게랄 것도 없이, 나오토는 혼자 탄식한다.

설령 그런 참극이나 대재앙이 일어났다 해도 평소와 마찬가지로 날은 저물고 밤은 밝는다. 각자의 통곡만을 남겨 놓고….

하루하루는 그것의 반복에 지나지 않는다.

운명은 변덕스럽게 사람을 희롱하지만 세월은 사람을 고르지 않는다. 어떤 의미에서는 시간의 흐름만이 무자비할 만큼 평등했다.

남의 아픔을 알 수 있는 인간이 되라고?

그런 건 그냥 기만이잖아.

알아 봤자 어쩔 건데?

그런다고 뭐가 달라지는데?

아무도 그 '아픔'을 대신해 줄 수는 없는데.

서툴게 다 안다는 표정으로 정론을 내뱉는 인간은 그저 위선자일 뿐이다.

신물이 난다.

아픔을 드러내려면 상처를 도려낼 용기와 그 몇 배의 인내심이 필요하다.

그러니까 아무도 알아주지 않아도 된다.

동정은 필요 없다.

어정쩡한 참견은 민폐일 뿐이다.

억지로 강요하는 무신경한 호의는 시궁창으로 내던져 버리고
싶다.

'……'

꿈자리가 나쁘니 점점 부정적인 생각에 빨려 들어갈 것 같다.

그런 생각을 하면서 나오토는 침대머리의 자명종 시계를 본
다.

어둠 속에 어렴풋이 보이는 형광색 디지털 문자는 오전 4시
30분을 알린다.

날이 밝기까지는 아직 시간이 많이 있다.

하지만 공립학교 중 최고의 입시 명문학교에 다니는 고등학
생이 되어, 0교시가 필수가 되어 버린 나오토의 매일 아침 기상
시간은 오전 5시. 이대로 다시 잠들기에는 너무 어영부영한 시
간이었다.

'운이 없네.'

새삼스럽게 혀를 찬다.

'어쩔 수 없지. 조금 이르지만 아침밥 준비라도 할까.'

그리고 알람을 끄고 마지못해 침대에서 빠져나왔다.

매일이 지극히 평범하다.

좋을 것도 없고 나쁠 것도 없이 하루가 저물어 간다.

파란만장한 인생 따위는 덧없는 꿈일 뿐.

하지만 설령 겉보기로는 자극이 부족한 나날이 반복되고 있다 해도, 그렇다고 신경의 시냅스가 완전히 사멸해 버릴 정도는 아니다.

그런… 온화하고 지루한 매일의 평온이 갑자기 무너져 버린 것은 나오토가 초등학교 6학년이 된 여름의 일이었다.

'믿음직스러운 남편이자, 아이들을 사랑하고 다정한 아버지.'

가족들이, 아니, 주위의 모두가 그렇게 믿어 의심치 않던 아버지의 불륜이 발각되어 버렸던 것이다.

아닌 밤중에 홍두깨 정도가 아니다. 그야말로 청천벽력이다.

찌는 듯한 더위가 갑자기 싹 사라지고 머릿속이 한순간… 새하얘진다.

그저 넋이 나가 할 말을 잃는다.

손발만 차갑게 마비되어 가는… 그런 느낌이었다.

그때까지 나오토는 '행복이 무엇인지'라든가 '가족의 행복' 같은 것에 대해서는 조금도 생각해 본 적이 없었다.

매일 매 끼니마다 늘 다 함께 같은 시간에 얼굴을 마주한 것은 아니지만, 어머니가 직접 만든 요리를 앞에 두고 가족이 식탁을 둘러싸고. 평소처럼 깨끗하게 빨래된 옷으로 갈아입고. 때로는 가족이 모여 여행을 떠나고. 매일 저녁 목욕을 하고, 따뜻한 이불을 덮고 잠든다.

그것은 전혀 특별한 행복이 아니라, 매우 평범한 것이라고 생각했다.

어머니의 웃는 얼굴이 있고.

커다란 아버지의 등이 있고.

다정한 형이 있고.

말 잘하는 누나가 있고.

응석받이 동생이 있다.

눈에 익숙한 광경은 그 이상도 아니고 그 이하도 아니다. 가족이란—일상이란 그런 것이라고 믿어 의심치 않았다.

그럭저럭 크고 작은 고민은 있어도 매우 평범한. 어디에나 있는 가족의 흔해 빠진 일상.

아마도 대부분의 가정에서는,

'불륜'

'바람'

'이혼'

그런 말은 TV드라마나 쇼나 여성주간지 같은 데서 센세이셔널하게 사람들을 자극하기 위해 내보내는 상투적인 문구고, 자신들과는 전혀 상관이 없는 다른 세계라고 생각할 것이다.

나오토도 그렇게 생각했다. 아버지의 비밀이 폭로되기 전까지는.

어머니는 평생 '어머니'이고 아버지는 죽을 때까지 '아버지'일 거라고.

그런데….

무엇부터 잘못된 것일까.

뭐가 어긋나 버린 것일까.

아버지는 어느 날 갑자기 '아버지'의 가면을 벗어던지고 '평범한 남자'로 변모해 버리더니, 몹시도 쉽게 자신들을─가족을 버리고 말았다.

마치… 어제까지의 생활이 가짜였다는 것처럼 느닷없이. 이미 불필요해진 것에는 '애착'도 '미련'도 느끼지 않는다는 듯이.

왜?

어째서?

믿을 수 없었다. 모든 것을.

정말로 이건 뭔가 질 나쁜 농담이 아닐까?

그렇게 몇 번이고 생각했다.

누구라도 좋으니 '뭔가 착각일 거야'라 말해 주기를 바랐다.

설령 그게 아무 위로도 되지 않는 서툰 거짓말이라 해도 '괜찮아'란 말이 듣고 싶었다.

아버지의 부재가 이어지는 집안은 마치 닻을 잃어버린 작은 배와 같았다. 흔들흔들 불균형하게 흔들리는 갑판 위에서 뭘 어떻게 하면 좋을지 알지 못하고 모두 어쩔 줄을 모른다. 매일이 그랬다.

가족 중 '아버지'라는 조각이 빠져 버린 이후의 불편함. 갑자기 자신이 있을 곳조차 잃어버린 것 같은 상실감까지 느끼게 되었다.

누구도, 아무 말도 하지 않고.

뭘 먹어도 모래를 씹는 것 같고.

깊이 잠들지 못하고.

숨쉬기가… 납을 채워 넣은 것처럼 무겁다.

집에서 한 걸음 나가면 세상은 찌는 듯한 한여름인데, 마음속
에는 눈 폭풍이 휘몰아친다.

그렇게 조심스럽고 어색한 한기를 마주하며 나오토는 그것이
거짓말도 농담도 아닌, 돌이킬 수 없는 진정한 현실이라는 사실
을 직시하지 않을 수 없었다.

'아버지'라는 존재는 영원히 사라지고 대신 뚝 잘려 나간 상
처만이 남은 것이라고.

잃고 나서야 처음으로 깨달았다.

흔해 빠진 매일의 행복은 일상에 매몰되어 있는 것이라고.

그리고 원망했다. 가족에 대한 '배신'이라는 최악의 비열한
행위를 눈앞에 들이댄 아버지를.

그래도 어머니는 그런 아버지를 "용서하고 기다릴 거야"라고
말했다. 작게 떨리는 목소리로.

언젠가 아버지가 자기 실수를 깨닫고, 자신들에게… 가족들
에게 돌아올 거라고. 근거도 없이, 완고하게 그렇게 우겼다.

"그러니까 너희들도 참아 주렴."

야윈 얼굴에 어색한 미소를 띠고.

"괜찮아. 아버지는 틀림없이 돌아올 테니까."

그러니까 이혼은 절대로 하지 않겠다고.

마사키나 사야카가 그걸 어떻게 받아들였는지는 모른다.

하지만 적어도 나오토는 그런 어머니가 어리석다는 생각도

우스꽝스럽다는 생각도 하지 않았다. 그저 아버지가 자기 과오를 인정하고 가족에게로 돌아올 거라는, 그런 말도 안 되는 뻔한 거짓말로 자기최면을 거는 어머니의 고집이 슬펐을 뿐.

혹은 자기보다도 훨씬 젊은 애인에 대한 어머니 나름대로의 양보할 수 없는 오기라도 있었던 것일까.

설령 심정적으로는 어떻건, 한창 자랄 나이의 아이들을 넷이나 데리고 처음부터 다시 해나가기에는 치러야 할 희생이 너무나도 커서, 쉽게 이혼에 나서지 못했을 것이라는 사실을 지금은 안다. 완고했던 어머니의 마음도, 조금쯤은.

아버지와 어머니 사이에 사실은 무슨 일이 있었는지 나오토는 모른다.

알고 싶지도 않다. …지금은.

아버지와 어머니의 과거를 파헤쳐 봤자 시간은 원래대로 돌아가지 않는다. 잃어버린 가족의 유대감도 마찬가지다.

하지만 그 당시에는 아버지가 왜 자신들 '가족'보다도 애인이라는 이름의 '남'을 선택했는지…. 그 이유만은 정말로 알고 싶었다.

아니. 자신들에게는 알 권리가 있다고 생각했다. 그렇지 않으면 언제까지고 마음이 공중에 붕 뜬 채로, 아무것도 손에 잡히지 않기 때문이다.

설령 그 때문에 상처가 더 깊이 파이게 되더라도, 아무것도 모르는 채로 있는 쪽보다는 훨씬 낫다고 생각했다.

하지만.

겉모습부터 야위고 초췌해져 버린 어머니에게 다시 타격을 줄 만한 무신경한 질문을 할 수 있을 리가 없다. 결국 그 자리에서는 입을 다물 수밖에 없었다.

적어도 가슴속의 갈등은 차치하더라도, 마사키를 필두로 사야카와 나오토 세 명에게는 아직 어머니를 배려할 만한 이성과 자제심이 남아 있었다.

하지만 가장 아버지를 잘 따르던 유우타는 그걸로 납득하지 않았다.

"왜 아빠는 돌아오지 않아?"

"왜 아빠의 짐이 없어진 거야?"

"아빠는 어디 갔어?"

"응? 뭐야? 왜?!"

어른의 이기적인 논리로 유우타의 입을 다물게 할 순 없었다. 애매한 변명도 유우타에게는 통하지 않는다.

"엄마. 뭐야, 가르쳐 줘!"

정면으로 묻자 아무 대답도 하지 못하고 고개를 숙인 어머니는 결국 오열하고 말았다.

왜, 네가, 그 말을 하는 거야?

타협을 허용하지 않는 유우타의 순수함은 어떤 의미에서 아버지의 배신행위보다도 더 신랄해서.

왜, 어머니만 책망하는 거야?

내뱉는 말은 날카로운 송곳니가 되어, 인정사정없이 어머니의 마음을 찢어놓았다.

너한테 그럴 권리가 있어?

나오토와 형제들 앞에서 체면이고 뭐고 집어던지고 엉엉 울어 버릴 정도로.

그런 어머니의 모습을 보고 싶지 않았다. 유우타 외에는 누구도….

그렇게 생각했기에 연장자들은 입을 다물고 참고 있었는데 막내만이 어린애의 '정의'를 휘두르며 어머니를 규탄한다.

너무하다고 생각했다.

어머니를 울리는 유우타를 때려 주고 싶었다.

"더 이상 제멋대로 구느라 어머니를 울리지 마, 유우타. 가장 괴로운 건 네가 아니라 어머니니까."

그래서 마사키는 울며 쓰러지는 어머니를 끌어안고 침실로 데려간 뒤, 어머니 대신에 한층 단호하게 설교했다.

"아버지는 어머니보다…, 우리보다 좋아하는 여자가 생겼어. 이제 아버지에겐 우리가 필요 없어. 그 여자랑 다른 집에서 살아. 그러니까 이 집에는 다시 돌아오지 않을 거야. 알았어?"

어머니가 완고하게 말하던 '거짓말'까지도 완벽하게 딱 잘라 부정하며.

그것은 동시에 언제 무너져도 이상하지 않을, 위험한 균형 위에 있던 현실을 백일하에 드러내고, 가족으로서 선을 긋는 행위이기도 했다.

곪은 상처를 그저 질질 끌고만 있어서야, 자신들은 한 걸음도 앞으로 나아갈 수 없다. 마사키는 그렇게 생각한 것이리라.

유우타는 아버지에게 어머니 이외의, 자신들보다 더 좋아하는 여자가 생겼다는 사실보다 마사키의 '필요 없다'는 말이 훨씬 충격이었던 모양이다.

"우린… 필요 없어?"

물어보는 말투보다도, 창백한 얼굴에서 여실하게 드러냈다.

"그래. 그래서 아버지는 혼자 나갔어. 집에서."

하지만 늘 '아버지가 제일 좋다'고 공언하던 유우타에게 그것은 도저히 인정하기 어려운, 마사키의 폭언처럼 느껴졌는지도 모른다.

막내에 응석받이여서인지, 아버지는 척 보아도 알 수 있을 정도로 유우타에게는 너그러웠다.

그걸 알기에 뭔가를 조를 때 유우타는 반드시 아버지에게 '부탁'한다. 마치 그게 막내의 특권이라는 양. 그렇게 하면 어리광을 잘 부리는 막내의 끈기에 대개 아버지가 져주니까.

그래서야 교육이 되지 않는다고 어머니는 결코 쾌히 여기지 않았지만, 먼저 약속을 받아 버린 유우타는 나중에 어머니가 아무리 좋지 않은 표정을 지어도 태연했다.

잔소리쟁이인 엄마보다도 자신에게 너그러운 아버지가 좋다.

사야카의 마사키에 대한 브라더 콤플렉스에는 매번 눈을 흘기는 유우타였지만, 사실 유우타의 파더 콤플렉스도 그에 뒤지지 않았다.

덧붙여 때로 유우타와 나오토가 맞붙어 싸우게 되어도, 아버지는 늘 유우타의 편이었다.

"나오토는 유우타보다 형이니까…."

그게 말버릇이었다.

하지만 나오토는 별로 그 말에 비뚤어지지는 않았다. 그럴 때에는 반드시 마사키가 나오토의 편을 들어주었기 때문이다.

유우타의 특등석이 아버지의 무릎 위라면 나오토의 특등석은 마사키의 품속이었다.

아버지에게 착 달라붙어 있는 유우타와 형에게 착 달라붙어 있는 나오토. 누가 보아도 그건 일목요연했다.

그런 의미에서 시노미야 가문의 아버지와 큰형의 역할 분담은 균형이 잘 잡혀 있었는지도 모른다. 그런 한편으로, 형제들 사이에서 유일한 홍일점인 사야카의 어른스러운 존재감이 묘하게 두드러질 정도로.

"왜…? 왜 우리가… 필요 없는 거야?"

"몰라. 난 아버지가 아니니까."

"그럼 마사키 형이 아빠에게 물어봐! 왜 우리가 필요 없는지, 그 이유를 물어보라구!"

유우타에게 그것은 막내의 어리광이 아니라, 자신의 존재가치를 파악하기 위해 가장 필요한 사항이었으리라. 자신은 아버지에게 '사랑받고 있다'는 것을.

설령 형제 중 누군가가 '필요 없다'고 할 수는 있어도, 절대로 자신만은 아닐 것이다.

그렇게나 귀여워해 주던 아버지가 자신을 버릴 리 없다. 유우타는 그렇게 믿고 싶었는지도 모른다.

하지만 마사키는 인정사정이 없었다.

"우리가 '필요 없는 이유'가 뭔지, 난 별로 알고 싶지도 않고 물어보고 싶지도 않아. 꼭 알고 싶으면 유우타, 네가 직접 아버지한테 물어봐."

그것은 떼를 쓰는 동생을 타이르는 말이라기보다는 오히려 형의, 아버지에 대한 명확한 거절이 아니었을까.

형의 표정이 이렇게까지 매서운 건 처음 본다. 평소에는 좀 더 상냥한 형이 말 붙여 볼 구석도 없이 냉담한 말투로 말하자, 나오토는 가슴이 욱신욱신 아팠다.

그래서일 것이다. 유우타는 어색하게 마사키의 눈을 피하더니, 반쯤 울 것 같은 표정으로 사야카를 보았다. 도움을 청하는 듯 절실한 눈빛으로.

그리고 평소에는 험한 말을 마구 하는 사야카가 아무 말 없이, 그뿐만 아니라 오히려 입술을 꽉 다물고 시선을 내렸을 때 유우타는 눈을 돌려 매달리듯 나오토를 보았다.

"나… 오 쨩…."

평소의 유우타와는 달리, 마치 다른 사람처럼 연약하고 쉰 목소리. 충격과 슬픔이 뒤죽박죽된 눈동자는 일그러지고, 젖고, 당장이라도 눈물을 뚝뚝 흘릴 것 같았다.

하지만 나오토는 치열을 가르고 배어 나오는 씁쓸함을 어금니로 악물었다.

"그런 건 나도 물어보고 싶지 않아."

그런 식으로 말할 수밖에 없었다.

마사키가 물어보기 싫다면 어쩔 수 없다, 좋아하는 형의 의향을 거스르면서까지 아버지의 진심을 캐물을 생각이 없다고 생각한 것은 아니다.

'넌 필요 없는 아이'라는 말을 듣고도 기뻐할 아이가 어디에 있을까.

자기 아이를 태연히 버리는 부모는 있어도, 스스로 부모에게 버려지기를 바라는 아이는 없다. 아무도.

그렇기에 나오토는 아버지가 왜 '가족보다도 애인을 선택했는지' 그 이유를 알고 싶기는 하지만, 왜 아버지가 '자신들을 버렸는지' 그 변명을 듣고 싶지는 않다.

그런 것이다.

남이 듣기에는 그저 '어린애의 헛소리'로밖에 들리지 않을지도 모르지만, 나오토에게 그 경계선은 무슨 일이 있어도 양보할 수 없는 선이었다.

필요 없어진 것은 버리고 원하는 것을 손에 넣는다.

그 행위가 왜 필요한지, 그 행위의 의미가 무엇인지도 머리로는 이해할 수 있다.

하지만 가족은 불필요한 '물건'이 아니다.

그렇기에 감정이 히스테릭할 정도로 뒤틀리는 것이리라.

하물며 아버지의 입을 통해 직접 그 말을 듣기가 무섭다. 면전에서 그런 말을 들으면 결국 두 번 다시 일어설 수 없게 될 것 같은 기분이 들어서.

그리하여 그 후로 아버지에 대한 이야기는 금기어가 되어 버렸다. 별로, 누가 그러라고 말한 것도 아니었지만.

마치 아버지의 존재가 처음부터 없었던 양 행동하는, 부자연스럽고 어색한 기분.

반대로 그렇게 함으로써 남겨진 가족 모두가, 반쯤 의식하지 못하는 사이에 '가족의 유대감'과 새로운 '제동장치'를 찾고 있었는지도 모른다.

자기 욕심 때문에 가족을 버린 아버지에 대한 의지와 분노.

그것은 진정한 의미에서 가족의 유대감을 다시 바라보게 하는 반면교사이자, 그 애증과 갈등으로 인해 지우려야 지울 수 없는 흉터가 되었다. 각자의 가슴속에서.

그날을 경계로 사야카와 유우타의 배틀 토크는 완전히 모습을 감추었다.

특히나 유우타는 말수가 확 줄어들어, 그때까지의 쾌활하고 장난스럽던 모습이 졸아든 것처럼 거칠어지고 손쓸 길이 없게 되었다.

늘 퉁명스럽고 불쾌한 분위기를 흘리며, 맥락도 없이 물건이나 사람에게 화풀이를 한다.

불행한 자신과 달리 아무 고민도 없어 보이는 남의 흔해 빠진 일상을 시샘한다기보다는, 오히려 내면에 끌어안은 것을 소화하지 못하고 분노만 서서히 그을리면서 응어리지는 듯한 느낌이었다.

불똥이라도 튈까 무서워 모두들 멀찍이서 흠칫거리며 유우타를 본다. 그게 거슬려서 또 난동을 피운다. 어쩔 수 없는 악순환이다.

아버지가 가족을 버리고 애인에게로 떠남으로써 여자로서의 자존심에 큰 타격을 입은 것은 어머니였지만, 그저 순수하게 '사랑받고 있다'고 믿고 있었던 만큼 한마디 말도 없이 아버지에게 버림받음으로써 가장 깊이 상처를 받은 것은 어쩌면 유우타였는지도 모른다.

그리하여 유우타가 무슨 일을 저지를 때마다 어머니는 별다른 말도 없이 깊이 고개를 숙이고 점점 더 야위어 갔다.

"너만 괴로운 게 아니야!"

그렇게 말하기는 쉬웠다. 가족 모두가 같은 아픔을 가슴에 안고 있었으니까.

부모의 불륜문제가 악화되어 아이를 버린다.

세상에 그런 이야기는 널리고 널렸다.

아마도 그럴 것이다.

하지만 지금 이때.

"세상에는 너보다 불행한 녀석이 한없이 많아."

그런 정론을 들이대 봤자 마음만 점점 더 삐걱거릴 뿐, 정작 해결책이 되지 않는다는 것을 잘 알고 있었다.

그럼 뭐라고 말하면 좋았을까.

무엇을 하면 좋았을까.

다들 자기 감정조차 주체하지 못하고 있었는데….

실제로 그 무렵에는 그런 생각을 할 마음의 여유도 없었다.

왜냐하면 나오토의 눈에도 뻔히 보일 정도로 집안 사정이 힘들어졌기 때문이다.

여자가 생겨 집을 떠난 아버지는 어머니에게 생활비를 보내지 않았다. 그렇게 되면 남겨진 가족의 생활은 파탄된다. 그걸 알고도 그런 짓을 했다고 생각하면 증오심밖에 들지 않는다.

이혼 서류에 도장을 찍으면 제대로 위자료를 내겠다, 라니.

그렇게까지 나올 정도이니, 알면서 그러는 게 분명했다.

대체 뭐가 아버지를 그렇게까지 냉혈하게 만들어 버린 걸까.

주위 사람들이 부러워할 정도의 '원앙부부'였던 아버지와 어머니에게 대체 무슨 일이….

하지만 어머니는 결코 이혼 서류에 도장을 찍지 않았다.

세대주가 아버지든 어머니든, 서류상 그럴 뿐 이제 와서 가족으로서 뭔가가 바뀌는 것도 아니다.

차라리 '시노미야'라는 이름을 버리면 모든 게 깨끗해지고, 가족 다섯 명의 새로운 생활도 잘 굴러가지 않을까. 그런 생각도 해 보았지만, 어른에게는 어른의 사정이 있고 어머니에게는 어머니의 양보할 수 없는 마음이 있었던 것이리라.

결국은 그게 문제가 되었다.

전업주부이다가 갑자기 익숙지 않은 풀타임 회사 근무를 하게 되자, 어머니의 컨디션이 완전히 나빠져 버렸기 때문이다.

내가 제대로 해야 할 텐데….

아이들에게는 이제 나밖에 없으니까.

우는 소리 하고 있을 때가 아니야.

어머니는 그렇게 자신을 질타하며 나름대로 노력했겠지만 누가 보기에도 쌓이고 쌓인 스트레스가 단숨에 폭발한 것으로밖에 보이지 않았다.

늘 몸가짐이 단정하고 웃음이 끊이지 않던 어머니가 최근 몇 개월 만에 볼품없이 단숨에 야위어 버렸다. 나오토는 아는 사람 소개로 겨우 찾은 일자리를 어머니가 잃게 된 것보다도 그게 훨씬 더 슬픈 듯했다.

아무리 절실히 바라도 행운의 기회는 그리 쉽게 돌아오지 않는 반면, 한번 병마에 사로잡히면 재앙은 마치 연쇄반응을 일으키듯이 연이어 오는 것인지도 모른다.

인간은 필요 이상으로 너무 노력하면 반드시 어딘가 망가져 버린다.

그리고 잔뜩 긴장하여 억지로 내던 힘까지 시들어 버리면, 남은 것은 이제 조금씩 무너져 내리는 일뿐이었다.

육체적인 피폐는 이윽고 정신까지도 좀먹는다.

인간은 그렇게 무너져 가는 것이라는 사실을, 나오토는 알아 버렸다.

아니. 사랑하고 믿고 있던 남편에게 잔혹하게 배신당한 순간, 이미 어머니의 내면에서 무언가가 뚝 하고 끊어져 버렸는지도 모른다.

거기다 이중 삼중의 정신적 피로로 인해 심신이 모두 피폐해지고, 그때마다 조금씩 어머니의 세계는 일그러져 간 것이리라.

나오토와 남매들이 알아차리지 못한 사이에….

그렇지 않으면, 그런 일이 일어날 리가 없다.

아침 기상은 오전 5시.

나오토가 고등학생이 된 후 1년 남짓. 아무리 늦게 잠들어도 그것만은 변함이 없었다.

서클활동은 하지 않지만 학기말마다 방학이 와도, 학교의 과외수업 스케줄이 나름대로 빡빡하게 짜여 있다. 그래서 매일 아침 기상 시간이 이미 체내시계에 또렷하게 새겨져 버렸는지도 모른다.

그래도.

때로는 오늘 아침처럼 알람이 울리기 전에 깰 때도 있다.

하지만 다시 잠들어서 늦잠을 자버린 적은 한 번도 없다. 그것을 '습성'이라는 한마디로 끝내 버리기엔 지나간 나날들의 대가는 너무나도 무거웠지만.

나오토의 하루는 아직 날이 밝지도 않은 시간, 주방에 불을 켜면서 시작된다.

하지만 주방이 아무리 썰렁하다 해도 TV를 켜서 시계 대용으로 쓸 생각은 없었다. 서로 대화를 나누는 거라면 또 몰라도, 아침부터 일방적인 수다를 듣고 싶지는 않다.

쥐죽은 듯 횅한 침묵을 좋아하는 것이 아니다. 그저 귀에 거슬리는 잡음이 성가시고 싫다.

아무리 하품을 연발하고 있었어도, 자기 몫의 앞치마를 걸치자마자 곧바로 집중이 된다. 익숙해진다는 건 그런 것일지도 모른다.

나오토의 경우에는 거기에 언제부턴가 심신의 재생을 위한 의례적인 느낌까지 적지 않게 더해지게 되었다.

밤에 자고 아침에 일어난다. '수면'이라는 행위는 심신이 원시의 어둠으로 회귀하는 것이고, 거기서 모든 더러움을 털어내고 깨어남으로써 새로운 '생'으로의 재생이 시작된다.

별로 그런 걸 굳게 믿는 편은 아니었다. '자고 일어나기'만 해도 몸에 밴 더러움을 털어낼 수 있다면 인간은 아무 고민도 없이 훨씬 더 편하게 살아갈 수 있을 것이다.

하지만 그래도 그런 사고방식이 멍청한 주장이라고 생각하지는 않았다.

한동안 어머니의 '죽음'을 통해서 '살아간다'는 것의 의미를 절실하게 생각한 적도 있었고, 하루의 시작에 나름대로의 의의를 부여한다는 쪽이 살아가기 위한 버팀목이 된다는 것도 알게되었다.

심신의 재생.

말로 하면 쉬운 그 표현은, 현실의 상처를 치유할 묘약과는 거리가 멀었지만….

아침 식사는 늘 일본식으로 준비한다.

그렇게 말해 봤자 기껏해야 미소시루와 반찬 한 가지 정도에 불과하다.

더 간단하게 시리얼이나 빵으로 끝낼 생각이 없는 것은, 어차피 도시락도 만들어야 하기 때문이다. 그렇다면 익숙한 일본식이 좋다고 생각할 만큼 나오토도 일본식을 좋아하는 쪽이다.

'아침밥은 하루 활력의 원천.'

식생활이 완전히 그렇게 길들어 버렸다.

그런 의미에서 어린 시절부터 어머니는 아무리 바빠도 집안일을 한시도 소홀히 하지 않았던 것이리라.

담담히 파를 자르는 리듬에도, 계란을 깨는 손놀림에도 막힘이 없다. 이제 막 열일곱 살이 된 고등학교 남자아이로서는 지나칠 정도로.

어머니가 죽은 지 벌써 3년이 지났다.

이유가 있어 지금은 누나 사야카도 집을 나가 버렸다.

매일 아침 일과라지만 주부 노릇을 한 지 5년째를 맞이하고 보니, 짬짬이 나는 시간까지 정확히 계산해서 도시락도 완성하고, 하는 김에 빨래도 끝낼 수 있다. 정말이지 익숙했다.

그래도 때때로 갑자기 그런 자신이 지긋지긋해져서, 모든 것을 내던져 버리고 싶어질 때가 있다.

'왜 나만….'

'왜 이런 일을 떠맡게 된 걸까.'

그런 부정적인 감정의 기류에 축 늘어져 우울해질 때가 있다.

하지만 나오토는 그런 자신이 싫지 않았다. 이제 와서 자신에게까지 착한 척해 봤자 소용없다고 생각하기 때문이다.

게다가 사실은 잘 알고 있다. '자신만'이 '일을 떠맡고' 있는
게 아니라는 점을.

결국 지나치게 마음을 다잡고만 있으면 지치게 된다.

그러니까 그럴 때에는 솔직히 '아… 좀 힘드네'라고 생각하기
로 했다.

인간은 지나치게 노력하면 '어딘가'가, '무언가'가 망가져 버
린다. 그것이 그냥 수사적 표현이 아니라는 점을 나오토는 잘
알고 있었다.

그런 한편으로 나오토가 모든 것을 내던져 버리면 이 집은 당
장이라도 피폐해져 버릴 게 틀림없다는 것도 잘 알고 있다.

진심을 말하자면, 그게 두려워서 지난 5년간 나오토는 그만두
지 못하고 있었다. 흔해 빠진 일상 같은 건 이 집에서 이미 사라
져 버렸는데도….

별것 아닌 나날의 행복도.

가족들의 단란한 모습도.

웃음소리도.

지금은… 없다.

하지만 그러다가 이 '집'까지 잃어버리면 정말로 아무것도 없
게 되어 버린다.

과거도.

미래도.

행복했던 시절의 추억도….

그렇게 되면 그저 괴롭고 슬프기만 한 기억밖에 남지 않는다.

그런 건 싫었다.

눈에 보이는 '의지할 곳'이 있는 한, 아직 노력할 수 있다.

시간은 되돌릴 수 없어도.

잃어버린 것은 되찾을 수 없어도.

내일이 오면 어쩌면 뭔가가 조금씩 변해 갈지도 모른다.

그래서 나오토는 포기하지 않을 수 있다. 지금은 아직.

'…괜찮아.'

그 무렵 누군가가 해줬으면 하던 말도, 지금은 자신에게 잘 말해 줄 수 있다.

괜찮다.

믿고 있는 것이 단 하나라도 있으면.

그러는 동안, 미소시루 냄새가 주방을 채우고 도시락 반찬이 차례차례 테이블에 완성된다.

그러나 아무리 시간이 지나도 계단 아래로 내려오는 발소리는 들리지 않는다.

그것 역시 매일 아침 마찬가지였다.

그런 스산함에도 이미 익숙해져 버린 나오토는 오늘도 "잘 먹겠습니다"를 작게 중얼거리고 외롭게 아침 식사를 먹는다. 그저 묵묵히.

마치 식욕을 채워 만족하기 위해서라기보다는 오히려 규칙적인 식생활을 지켜야만 한다는 무의식적인 의무감처럼 보이기도 한다. 사실 혼자 밥을 먹는 것이 쓸쓸하고 심심하다는 기분도 이미 나오토의 내면에서는 둔화되어 마비된 지 오래였다.

그리고 식사를 마친 다음 그릇을 깨끗하게 씻고 세수도 마친 뒤, 테이블 위에 올려두었던 두 사람 몫의 도시락 중 하나를 들고 나오토는 학교에 가기 위해 다시 자기 방으로 올라갔다.

그저 담담히, 아무 막힘없이 되풀이되는 아침 일과.

나오토의 익숙한 솜씨는 자칫 잘못하면 매뉴얼화된 아침 풍경을 계속 재현하고 있는 것 같은 이질감까지 느껴진다.

불이 꺼진 주방 테이블에는 도시락 하나가 남겨져 있다. 나오토가 유우타를 위해 만든 아침식사 겸 점심식사였다.

전기포트 안에는 뜨거운 물이 꽉 차 있다. 냄비 안의 된장국은 그대로 데우기만 하면 된다. 그것 역시 매일 마찬가지였다.

나오토가 일본식 아침식사와 도시락에 집착하는 것은 자신이 일본식을 좋아하고 매일 학교 급식으로 밥을 먹으면 돈이 든다는 경제적인 이유도 물론 있지만, 나머지 절반은 유우타 때문이었다.

아버지의 불륜 소동 끝에 가정이 붕괴되어 피폐해질 대로 피폐해진 초등학생 때와는 다르다. 중학생이 되자 유우타도 겉으로는 나름대로 차분해진 것처럼 보였다.

환경의 변화가 좋은 의미에서 자극이 된다.

자신이 그랬듯이 유우타도 마침내 딱딱한 껍데기를 벗어던지고 주위에 눈을 돌리기 시작한 것이라고 나오토는 생각했다.

같은 중학교 1학년과 3학년.

그렇다면 이제부터 다시 시작하면 된다. 다시 해나가기에 아직 늦지는 아니다. 그렇게 생각했다.

하지만 현실은 그렇게 만만하지 않았다.

자포자기처럼 보이기도 하는 유우타의 비뚤어진 상태가 나아지고 안심한 것도 잠시. 이번에는 학교에 가지 않는 히키코모리 상태가 되어 버렸다.

극과 극. 너무나도 극단적인 그 모습에 현기증까지 느낀 나오토는 그야말로 한숨도 나오지 않았다.

유우타가 무슨 생각을 하는지 모르겠다.

아니. 유우타를 이해할 기운조차 나지 않았다… 고 표현하는 게 맞을 것이다.

그런 분위기를 알아차렸는지, 유우타는 자기 방에 틀어박힌 채 노골적으로 나오토와 형을 무시하게 되었다.

뭐, 그건 새삼스러운 일이긴 했다. 내버려 두면 귀찮아하며 제대로 식사도 하지 않는다.

지금까지는 억누를 수 없는 분노나 충동이 모두 바깥을 향해 있었지만, 토해 낼 만큼 토해 낸 뒤 이번에는 텅 비어 버린 허무한 기분에 뭔가가 뚝 끊어져 버렸는지도 모른다.

나오토도 설마 식욕이라는 본능까지 끊겨 버릴 줄은 상상도 하지 못했지만.

그러다가 한 번 유우타가 쓰러져서 병원에 실려 간 뒤, 나오토는 자신의 무관심을 반성하고 아침에는 반드시 유우타 몫의 도시락을 만든 다음 학교에 가게 되었다. 물론 나오토는 중학교 학교 급식이 있으니 도시락 같은 건 필요 없었지만.

"그렇게까지 어리광을 받아 줄 필요는 없어."

나오토가 마치 '매일 아침 소풍'이라도 되는 양 부지런히 도시락을 만들고 전기포트도 준비해 두고, 아침 등교 전에 반드시 유우타에게 말을 걸고 그것들을 방문 앞에 내려놓고 가는 모습을 본 마사키가 그렇게 말했지만, 나오토는 걱정스러웠다. 쌓여 가는 정신적 피로에 기진맥진하여 야위고 쇠약해져 간 어머니의 모습이 눈에 선해 어쩔 수가 없었다.

이제 싫다. 그런 일이 일어나는 건….

아무도 어머니처럼 되지 않기를 바랐다.

하지만 그런 나오토의 배려도 유우타에게는 성가시기만 한 참견으로 느껴진 것일까. 모처럼 만든 도시락은 계속 손을 대지 않은 채 방치되었다.

아무리 그래도 병원에 실려 가는 일만은 안 된다고 생각했는지, 컵라면이나 빵을 먹는 것 같았다.

아무튼 배만 채울 수 있으면 된다는 식이었다.

자기가 만들어 먹을 생각도 없을뿐더러, 그렇게만 먹으면 영양불균형이 오겠지만 유우타는 그런 건 안중에도 없어 보였다.

나오토가 만든 것은 먹지 않아도 컵라면은 먹는다.

그래서 과자류는 사두지 않지만, 시노미야 집안에서 인스턴

트식품은 절대로 떨어지지 않았다. 나오토의 입장에서는 그야말로 어찌하면 좋을지 모를 딜레마였지만.

마사키는 그걸 알고 있으면서도 나오토에게 '그만두라'고 하지는 않았다. 막내도 그렇지만 둘째 역시 뒤지지 않을 정도로 고집이 세다는 것을 잘 알고 있었기 때문이다.

오히려 참을성이 있는 건 나오토 쪽이다. 이대로 끈기를 겨루면 먼저 포기할 사람은 유우타 쪽이리라고 마사키는 생각했다.

큰형으로서의 '다짐'은 확실히 해두었다.

그 선택권은 이미 유우타에게 맡겼다. 그걸로 충분하다고 생각했다.

서로 상처를 핥아 주는 것만이 가족의 유대감은 아니다. 슬슬 유우타도 자기 발로 걸어도 좋을 나이다.

하지만 그날.

나오토가 학교에서 돌아왔을 때, 도시락 안에 들어 있던 것은 무참하게도 나오토의 방 앞에 흩뿌려져 있었다.

'쓸데없는 짓 하지 마. 이제 정말 지긋지긋하다고!'라는 의사 표현일까. 아니면 '이렇게 맛없는 걸 어떻게 먹어!'라는 뜻일까.

그래도 주눅 들지 않고 도시락을 만들면 또 내버려진다. 그 반복이었다.

그런데 어느 날.

화려하게 내팽개쳐진 도시락을 평소처럼 묵묵히 정리하다가, 흔치 않게 일찍 귀가한 마사키에게 들켜 버렸다.

그때 나오토의 심경으로 말하자면 난처한 정도가 아니었다.

'엄청 위험… 하겠지.'

그렇게 생각할 정도로 나오토의 얼굴도 몸도 굳어 버렸다.

"나오, 뭐 하는 거야?"

마사키가 바라보자 나오토는 그만 말문이 막혔다.

바닥에 달라붙어 퍼석퍼석해진 밥알.

여기저기 흩어진 반찬들.

딱 보면 알 텐데. 마사키는 굳이 그렇게 물었다. 서툰 변명 따위 허용하지 않는 강인한 눈으로.

모두를 포로로 만드는 마사키의 금갈색 눈은 평소보다 훨씬 푸른빛을 띠고 있었다.

나오토는 알고 있다. 표정이 움직이지 않는 만큼, 두 눈만이 뭔가를 억누르는 것처럼 밑바닥부터 빛날 때의 마사키는 상당히 진지하다.

"언제부터지?"

마치 뱀 앞의 개구리처럼 굳어 버린 나오토는 꿀꺽하고 숨을 삼킨다.

"오늘이 처음이 아니지?"

나오토가 입술을 꽉 깨물자 마사키는 보란 듯이 한숨을 쉰 다음 곱슬곱슬하고 긴 머리카락을 쓸어 올렸다.

그런 별것 아닌 동작 하나에도 남자의 색향이 감돈다.

마사키는 뛰어난 용모 덕분에 고등학교에 다니던 당시부터 모델로 스카우트되었다. 요즘은 더 남자다워진 듯 느껴지지만, 결코 피붙이라서 그렇게 느끼는 건 아닐 터였다.

검도에 몰두해 있을 무렵의 마사키는 화려한 미모보다 금욕적인 면이 강했지만 고등학교를 졸업하는 동시에 머리카락을 기르기 시작해서인지, 교복을 벗은 마사키는 모든 봉인이 풀린 것처럼 색기까지 단숨에 개화한 느낌이었다.

다만 형이 남자다워짐과 동시에 큰형으로서의 위엄도 공고해진 것 역시 사실이었다. 실질적으로 마사키가 동생들의 부모를 대신하는 것이나 마찬가지인 현재, 나오토에게는 마사키가 유일한 절대적 존재라 해도 과언이 아니었다.

마사키는 한층 느릿한 걸음걸이로 유우타의 방 앞에 서서 문을 노크한다.

"유우타. 나야. 열어."

대답은 없다.

"열지 않으면 부순다."

담담한 말투와 달리 과격한 말을 뱉은 마사키는 기다린다.

그게 단순한 수사적 표현이 아니라는 것을 나오토는 알고 있다. 아마 유우타도.

아버지가 집을 나가고, 학생 때부터 어머니 대신 일가를 지탱해 온 마사키는 전처럼 예의 바르고 온화하고 상냥하기만 한 형이 아니게 되었다.

세상 사람들의 차가움.

어른들의 비겁함.

가정환경의 격변을 본체만체하고 차갑게 떠난 친구도 있는 반면, 은근히 버팀목이 되어 준 고마운 친구도 있다.

때로는 불합리한 소리를 듣고 굴욕감을 곱씹기도 했다.

그리하여 좋은 의미에서든 나쁜 의미에서든, 누가 뭐라 하건 생각한 바를 확실히 말하여 행동에 옮기지 않으면 소중한 것을 전혀 지킬 수 없다는 사실을 마사키는 알았다.

그렇게 최근 몇 년 간 남매를 둘러싼 환경은 격변했다.

큰형으로서 어쩔 수 없이 그 정면에 서게 된 마사키도, 어떤 의미에서 선량하고 좋은 청년으로만 남아 있을 수는 없게 되었다는 뜻이다.

"같은 말을 두 번 하게 만드는 바보는 싫어" "자기주장을 바꾸는 녀석은 최악이야. 귀가 썩으니까 말도 섞고 싶지 않아"라는 식으로. 마치 다른 사람이 된 양 가식 없이 말하게 되었다.

게다가 누구든 말은 할 수 있겠지만, 그걸 그대로 실천하는 게 마사키의 진면목이기도 했다.

그래서이리라. 나오토가 아무리 불러도 열리지 않았던 굳건한 문이 잠시 후, 살짝 열렸다.

그 틈새에서 한쪽 눈만 드러내며 '뭐야?'라는 듯 유우타가 노려본다.

그러자 마사키는 억지로 문을 활짝 열더니, 움찔하고 움츠러든 유우타의 멱살을 움켜쥐고 밖으로 끌어냈다.

중학교 3학년 때 이미 180센티미터였던 마사키의 키는 스무 살인 지금은 190센티미터에 가깝다. 게다가 검도로 단련된 몸은 나긋나긋하지만 강인하고, 지금은 회원제 스포츠클럽에 다니며 일주일에 세 번은 반드시 수영장에서 맹렬히 수영을 한다.

그에 비하면, 이제야 중학생이 된 것도 모자라 영양실조 직전으로 병원에 실려 갔던 유우타는 애초부터 상대가 되지 않았다.

한 손만으로 가볍게 유우타를 끌어낸다.

"뭐야! 놔!"

외치는 모습이 마치 벵골호랑이에게 발톱을 세우는 들고양이 같다. 싸움이고 뭐고 성립하지 않는다.

"나오. 거기서 비켜."

그렇게 말한 마사키는 "놓으라니까!"라고 소리 지르는 유우타를 밀치더니, 곧바로 쓰러진 유우타의 머리카락을 붙잡아 당긴 후 퍽 소리가 날 정도로 사정없이 머리를 바닥에 짓눌렀다.

"아얏…."

옆머리를 힘껏 부딪힌 유우타가 신음한다. 유우타가 코끝이 찡한 아픔을 참으며 분연히 마사키를 노려본 바로 그때.

"음식을 함부로 하지 마."

뱃속까지 차갑게 마비될 것 같은 목소리로 마사키가 말했다.

유우타는, 아니… 나오토까지도 찬물을 끼얹은 양 한순간 얼어붙는다.

형의 이런 목소리는 처음 듣는다.

그리고 마사키는 바닥에 흩어진 닭튀김을 집어 들어 우격다짐으로 유우타의 입안에 쑤셔 넣었다.

설마 마사키가 그렇게 난폭한 행동을 할 줄 몰랐던 나오토는 저도 모르게 눈을 홉뜬다.

그것은 유우타도 마찬가지였다. 한순간 무슨 일이 일어났는지 알 수가 없다는 듯 멍하니 두 눈을 크게 뜨고 있었지만, 화들짝 정신을 차린 순간 사납게 입안에 든 것을 내뱉으려고 했다.

"나오가 너를 위해 만든 도시락이야. 제대로 먹어."

"응… 으, 으윽!"

그러나 마사키는 내뱉으려는 그 입을 다른 한쪽 손으로 막고, 손발을 버둥거리며 날뛰는 유우타를 힘으로 굴복시켰다.

"마 쨩, 그만해!"

너무나도 난폭한 행동에 얼굴이 굳은 나오토가 저도 모르게 지금은 부르지 않게 된 애칭으로 마사키를 부르며 그 팔에 힘껏 매달린다.

한순간 마사키는 약간 눈썹을 찌푸렸지만 그래도 손을 풀려 하지 않았다.

"마 쨩!"

뿐만 아니라, 반대로 바로 코앞에서 '너는 입 다물고 있어'라는 것처럼 노려보아서 간담이 서늘해졌다.

'네가 어리광을 받아 주니까 그렇잖아.'

암암리에 그렇게 책망하는 듯한 기분이 들어서, 나오토는 힘없이 손을 놓고 아무것도 하지 못한 채 그 자리에서 고개를 푹 숙였다.

유우타가 괴로워하며 발버둥 쳐도.

아무리 싫어해도.

굴욕과 혐오감에 줄줄 눈물을 흘려도.

입에 쑤셔 넣은 닭튀김을 씹어 삼킬 때까지 마사키는 유우타를 용서하지 않았다.

"맛있었나?"

그럴 리가 없는데, 마사키가 뻔한 말을 태연히 묻는다.

"맛있었지? 나오의 애정이 담겨 있으니까. 유우타, 맛있지
않았어?"

한층 차분한 말투로 유우타의 눈을 바라본다.

바로 눈앞에서 뒤엉키는 시선. 거기서 유우타는 무엇을 보았
을까.

그 순간.

눈물 콧물로 엉망진창이 된 얼굴을 일그러트린 유우타는 입
술을 움찔하고 경련하더니, 양팔을 교차하여 얼굴을 덮고 소리
죽여 흐느꼈다. 마치 팽팽하게 긴장해 있던 무언가가 뚝 끊어져
버린 것처럼.

그러고 있으니 유우타가 평소보다 훨씬 어리게 보였다. 나오
토의 가슴이 저도 모르게 욱신거리며 아파 올 정도로.

소리 없이 흐느끼는 유우타의 떨리는 입술이, 손가락이, 조금
씩 오르내리는 가슴이 애처로워서 견딜 수가 없었다.

그럴 수만 있다면, 늘 마사키가 자신에게 해주는 것처럼 "이
제 울지 마"라고 손을 뻗어 부드러운 곱슬머리를 쓰다듬어 주고
싶었다.

슬플 때에는 누군가의 온기가 필요해진다. 틀림없이 유우타
도 마찬가지일 거라고 나오토는 생각했다.

하지만 누구보다도 그것을 잘 알고 있을 마사키는 유우타를

울려 놓고 전혀 달래 주지 않는다.

왜…?

아니면 그렇게 생각하는 자신이 무른 걸까 싶어서 나오토는 입술을 깨문다.

그러자 마사키가 그 자리에 책상다리로 털썩 앉더니 갑자기 물었다.

"얼마 전에 네가 병원에 실려 갔을 때, 내가 뭐라고 말했는지… 기억나? 유우타."

나오토는 기억한다. 또렷하게.

"밥도 먹지 않고 학교에도 가지 않는 건 네 마음이지만 말이야. 슬슬 네 응석에 휘둘리기도 지쳤어. 그러니까 유우타, 다음에 쓰러져서 병원에 실려 가게 되면… 이제 집으로 돌아오지 않아도 돼. 도모리의 친할아버지네로 가. 이야기는 해둘 테니까. 그저 토라져서 방 안에 틀어박혀 있기만 할 거라면 어디서 하든 마찬가지잖아?"

그때 마사키는 그렇게 말했다. 거칠게도 아니고 담담히….

하지만 나오토는 격앙하여 화를 내는 것보다도 그게 몇십 배는 무서웠다.

"친가가 싫으면 외가로 가든가. 아니면, 그 사람한테 가도 돼. 일단 서류상으로는 아직 그 사람이 네 보호자니까. 어디든 좋아, 네 마음대로 해."

가족을 버린 아버지를 '그 사람'이라 부르는 차가운 말투. 단정한 미모에서 표정이 사라지자, 무시무시한 냉철함이 감돈다.

그때 나오토는 그저 막연하게, 마사키가 그런 눈으로 보면 틀림없이 자신은 죽고 싶어질 거라고 생각했다.

형의 신뢰를 잃는 것만큼 무서운 것은 없다.

아버지가 집을 나갔을 때, 어머니가 쓰러졌을 때, 그 후에도, 이래도 부족하냐 싶을 정도로 괴로운 일이 연이어 일어나도 혼란에 빠지지 않았던 것은 마사키가 있었기 때문이다.

지금도 형이 곁에 있어 주기에 유우타가 이렇게 굴어도 나오토는 제정신으로 있을 수 있다.

동시에 "돌아오지 않아도 돼"라는 차가운 말이, 결코 마사키의 본심이 아니라는 것도 충분히 잘 알았다.

아버지가 나간 이후, 그에 관한 모든 일에 분노와 증오를 억누르지 못하고 날뛰게 된 유우타는 누가 뭐라고 말해도 듣지 않았다. 성심성의껏 아무리 말해도 액면 그대로 받아들이지 않고 비뚤어진다.

그러니까 틀림없이 마사키는 차라리 내동댕이치는 말을 하면서 스스로 미움 받는 역할을 자처한 것이리라.

누군가를 원망하고 증오하기라도 하지 않으면 살아갈 힘도 생기지 않는다. 그것은 굉장히 슬픈 일이었지만.

"마사키 형 바보! 난… 난 안 나갈 거야!"

생각대로 유우타는 마사키를 고집 세게 노려보며 베개를 내던졌다.

그리고 이번에는 베개 대신에 도시락을 던졌다. 그 화풀이 상대가 마사키에게서 나오토로 바뀐 것뿐이다.

그렇다면 나오토는 별로 상관없었다. 화풀이든 뭐든 좋다. 그렇게 함으로써 유우타가 자신들을 보아 준다면.

행동은 완전히 극단적인 '어린애' 같지만, 그만큼 여전히 뿌리 깊은 문제가 있다는 뜻이리라.

"할아버지가 진짜로 널 데려가고 싶어 해. 환경이 바뀌면 네 마음도 지금보다 훨씬 편해지지 않겠느냐고. 이제부터는 나오도 고등학교 입시 준비를 해야 하고, 나도 일 때문에 집을 자주 비우게 될 거야. 너만 신경 쓰고 있을 수는 없어, 유우타. 앞일을 생각하면 그게 제일 좋지 않겠느냐고… 할아버지가 그랬어. 나도 그렇게 생각해."

나오토 역시 처음 듣는 이야기는 아니었다.

어머니가 아직 살아 있을 때부터 양가의 조부모들은 몇 번이고 그런 이야기를 했다.

어머니 혼자 네 아이를 기르는 것은 힘들 테니까, 라고. 그때마다 어머니가 딱 잘라 거절했을 뿐.

힘들 때 누군가의 도움을 빌리는 것은 결코 부끄러운 일이 아니다. 하지만 머리로는 알고 있어도 막상 그렇게 되면 감정은 또 다른 것이다.

도모리시에 사는 할아버지는 아버지의 아버지이다. 전부터 조부모는 특히 막내인 유우타를 귀여워했고, 유우타도 여름방학이 되면 제일 먼저 도모리의 할아버지 댁에 머물러 갈 정도로 잘 따랐다. 그것도 아버지가 집을 나간 뒤로는 끊어졌지만.

네 명 중 누군가를 맡아 기르겠다.

물론 양가 조부모의 순수한 호의와 애정에서 나온 이야기이리라.

그 이야기가 나올 때마다 반드시 '유우타'의 이름이 거론되는 것도 이해가 간다. 응석받이지만 붙임성이 좋은 막내는 누구에게나 사랑받는 존재였고, 유우타에 비하면 다른 세 명은 나름대로 '어른'이라서 수고가 들지 않는다.

당연히 고등학생인 마사키는 어머니를 도와주어야만 한다. 어머니가 일을 하러 나가게 되면 중학생 사야카는 나름대로 집안일을 해야만 하고, 나오토는 초등학교 졸업까지 채 1년도 남지 않았다.

그중 가장 걸리는 구석이 없는 것이 유우타였다.

그런 유우타가 비뚤어져 손쓸 수 없게 된 뒤로는, 이대로 시노미야 집에 두기보다는 새로운 환경에서 기르는 쪽이 낫지 않겠느냐고, 조부모들은 나름대로 손자의 장래를 걱정하고 있었던 것이리라.

아버지의 심한 행동 때문에 어머니가 살아 있을 때에는 조심스러웠던 할아버지도, 어머니가 돌아가신 뒤로는 사양하지 않게 된 것일까. 특히 사야카가 외가에 신세를 지고 있다는 것을 안 뒤로는 여러 번 마사키에게 이야기를 한 모양이다.

"어떻게 할래?"

이제는 네 마음에 달려 있다고 마사키는 말한다.

이렇게까지 되면 이제 '가족은 함께 있으니까 가족인 거야'라는 어머니의 주박에서 해방되어도 좋은 게 아닐까, 라고.

"마사키 형… 진심이야?"

그래도 나오토는 다시금 묻지 않을 수 없었다.

사야카가 있는 외가에 유우타를 보내는 것도 불안하긴 하지만, 정말로 친조부모에게 맡겨도 괜찮을까.

이 집에서 나간 뒤 아버지가 친조부모와 절연한 모양이라는 사실은 나오토도 알고 있다. 하지만 만에 하나라도 아버지와 유우타가 어쩌다 만나기라도 한다면… 이라는 걱정을 떨칠 수가 없었다.

아니. 그보다.

야위고 피폐해진 끝에 정신까지 병든 어머니가 죽고, 사야카가 외갓집으로 떠나고, 거기다 유우타까지 이 집에서 나가게 된다면… 너무 쓸쓸하다.

그래서 그만 "난… 싫어. 그런 건… 싫다고"라고 말해 버렸다. 더 이상 형제가 없어지는 건 싫다고.

"네게 물어보지 않았어, 나오. 유우타에게 묻고 있는 거야."

하지만 마사키의 반응은 차가웠다.

"토라지고 비뚤어지고 멍청한 짓을 하고…. 최근 3년간 생각할 시간은 많이 있었겠지? 그렇지? 앞으로 자기가 무엇을 어떻게 하고 싶은지. 슬슬 제대로 결심을 해, 유우타. 어린애라고 언제까지고 어리광 부리지 말고. 네 인생을 대신해 줄 사람은 아무도 없으니까."

조용한 말투로 신랄하게.

"마사키 형은… 이 집에서… 날… 쫓아내고… 싶은 거야."

그러자 눈물에 젖어 묘하게 잠긴 목소리로 유우타가 말했다.

"누… 나처럼 날 쫓아… 내려는 거야."

무겁게 굳은 입술을 간신히 열고 목구멍 안쪽에 감긴 오열과 함께 내뱉었다.

'사야카 누나를 쫓아냈다고?'

누가…?

마사키가?

"무슨… 소리야, 유우타. 마사키 형이 사야카 누나를 쫓아내다니…. 그렇지 않아. 사야카 누나는…."

자발적으로 집을 나간 것이라고 말하려 했지만,

"마사키 형은, 나오 쨩만… 좋아하잖아!"

생각지도 못한 말에 가로막힌다.

"나오 쨩만 있으면, 누나도… 나도 필요 없는 거야! 그러니까 누나처럼 나를 버리려는 거야!"

그 순간 나오토는 호되게 뺨을 얻어맞은 듯한 기분이 들어 할 말을 잃었다.

설마 사야카의 일로 유우타가 그런 생각을 하고 있었을 줄이야… 생각지도 못했다.

마사키는 사야카를 쫓아내지 않아.

나오토는 알고 있다. 그 사실을.

마사키는 아무도 버리지 않아.

'왜냐하면 나는… 알고 있는걸.'

마사키가 그들을 위해 얼마만한 희생을 치러 왔는지를.

마사키가 사야카를 버린 것이 아니다.

사야카가 마사키를, 아니, 자신들을 거절한 것이다.

2년 전 그때.

아버지와 마찬가지로….

아니. 아버지보다 훨씬 심한 말을 던지고 사야카는 이 집에서 도망쳤다.

나오토는 알고 있다. …그 사실을.

잊고 싶어도 잊을 수가 없다. 그날의 일을….

그래서 아직도 꿈을 꾼다.

어머니가 죽고 사야카가 이 집을 떠나도…. 그 말이 귓가에서 떠나지 않는다.

하지만 피를 토하는 듯한 유우타의 외침에도 마사키는 눈썹 하나 찌푸리지 않았다.

"나는 사야카를 버리지 않았어. 사야카가 자기 의지로 나간 거야, 이 집에서."

그저 담담히 말할 뿐.

하지만 그 말투가 너무나도 차분해서.

그걸 말하는 마사키의 눈길이 너무 먼 곳에 있어서….

나오토는 어째서인지 점점 옆구리가 경련하는 것 같은 통증을 느끼고, 마사키에게서 눈을 돌릴 수 없게 되었다.

"그러면… 왜 누나가 나가 버린 거야?!"

가슴에 쌓인 응어리를 마음껏 토로해 버림으로써 이제 아무 것도 무서운 게 없어졌는지, 마사키를 노려보는 유우타의 시선은 흔들림이 없다.

"시험이 끝나면 돌아오겠다고… 그렇게 말했잖아! 그런데…
왜 돌아오지 않는 건데!"

'유… 우타… 그만해.'

비난받고 있는 건 자기가 아닌데, 나오토의 심장 고동이 단숨
에 빨라진다.

유우타의 말이 내포한 가시가 무엇을 자극하고 어디를 뒤흔
들지… 알고 있는 탓이다.

'마 쨩… 그만해.'

그래서 나오토는 절실히 바란다. 마사키가 아무 일 없이 넘겨
주기를.

"그건 사야카가 나를 싫어하게 되었기 때문이야."

마사키의 어조는 조금도 흔들림이 없었다.

그 순간.

유우타는 발끈해서 소리를 삼켰다. 사야카의 아무것도 거리
끼지 않을 정도로 엄청난 브라더 콤플렉스를 거꾸로 이용해서,
마사키가 자신을 놀렸다고 생각했기 때문이다.

자신은 대등하다 생각하고 사실을 말했는데, 마사키가 여전
히 '어린애' 취급을 하고 있다고 생각하면 정말이지 화가 났다.

한편 나오토는 불길할 정도로 온화한 마사키의 낮은 목소리
에 등골까지 차갑게 마비되는 것 같았다.

마사키가 대체 뭘 말할 생각인 걸까 싶어서.

"그러니까, 왜 그렇게 되었냐구!"

"내가—."

"마 쨩, 그만해!"

오소소 소름이 돋아서 나오토는 외친다. 그대로 마사키의 입을 막아 버리고 싶어서.

그때 어째서인지 마사키는 입 끝만 올려 가볍게 웃었다.

"뭐 어때, 나오. 유우타에게도 알 권리는 있잖아? 사야카가 왜 이 집에서 나갔는지…."

나오토는 할 말을 잃는다.

그리하여.

"안 다음에, 어떻게 할지…. 이제 스스로 결정하게 돼. 유우타도 이제 어린애가 아니니까."

그때 처음으로,

"언제까지고 모르고만 있으면 유우타도 납득하지 못할 테니까. 게다가… 차라리 그렇게 모든 게 정리되는 쪽이 속이 시원하지 않겠어?"

알아차렸다.

"사야카가 이 집에서 나간 건 말이지, 유우타. 나와 어머니가 섹스하는 걸 봐버렸기 때문이야."

어느 틈엔가 마사키도 망가져 버렸다는 사실을.

"싫어어어어어—!"

"만지지 마!"

"더… 러워….."

"더러워…!"

"엄마도, 오빠도— 더러워!"

"싫어….."

"오빠 따위 정말 싫어!"

"싫다구…!"

"…미워….."

"엄… 마… 따위———"

"엄마… 따위….."

"죽어 버리라구—!"

한밤중.

거실 소파에 몸을 내던진 형 마사키가 담배를 피우는 모습을
본 것은 나오토가 중학교 1학년이던 여름이었다.

어딘지 지친 듯한 어두운 표정….

형의 고민을 들어줄 수도 없는 자신이 답답하고 한심했다.

나오토가 그걸 알아차린 것은 그해의… 가을.

깊은 한밤중.

몸 상태가 나빠져 완전히 자리에 누워 버린 어머니의 방에서 발소리를 죽이고 나오는 마사키의, 엷은 불빛 속에 보이는 생각에 잠긴 험악한 표정.

마사키와 어머니.

그 일의 진정한 의미와 충격적인 진실을 나오토가 안 것은, 세상이 크리스마스 분위기에 물들기 시작할 무렵이었다.

아버지가 집에서 나간 지 1년이 지난 뒤에도, 이것저것 문제를 끌어안은 시노미야 일가의 가정사정은 최악이었다.

하지만 최악은 최악이라도 나름대로 안정세를 보이기 시작한 상황이기도 했다.

어쨌든 지금이 최악이니, 더 이상은 나빠질 수가 없다. 그렇게 생각하면 또 다른 길도 보이기 마련이다.

사람들은 그것을 '각오'라고 부를지도 모른다. 그저 매사를 다른 시점에서 보기만 해도 기분이 꽤 달라지는 법이라고 나오토는 생각했다.

　그렇지만 나오토의 경우 올해 봄부터 중학생이 되고, 자신을 둘러싼 환경의 변화가 좋은 의미에서 긍정적으로 변했다. 이제부터 본격적인 수험 시즌을 맞이하는 사야카도 그렇다는 보장은 없었지만.

　나이에 비해서는 딱 부러져 보였지만 사야카도 다정다감한 여중생이었다.

　한때 겉모습 이상으로 정신적인 충격을 받아 그대로 시험 성적에 영향을 미친 적도 있었고, 성적이 급격하게 떨어져 주위를 걱정시킨 적도 있었지만. 역시 사야카라고 해야 할지, 그것도 전과 같이 회복되어 갔다.

　그래도 역시 진로는 변경할 수밖에 없었다.

　영어를 잘하는 사야카는 되도록 유학 시스템이 갖춰진 특진 코스인 사립 고등학교에 진학하고 싶어 했지만, 경제적으로 도저히 그럴 만한 여유가 없었다. 결국 지망을 공립 고등학교로 바꿔 버렸다.

　사야카의 실력이면 틀림없이 추천으로도 괜찮을 거라고 나오토는 생각했지만.

　신청서를 중시한다는 공립 고등학교의 추천을 받으려면 학력뿐만이 아니라 나름대로의 부가가치가 필수조건인데, 서클활동조차 뜻대로 할 수 없었던 가정 사정을 생각하면 그조차 어려울 터였다. 사야카도 그 점은 냉정하게 받아들이고 있었다.

　그런 사야카의 부담을 조금이라도 덜어 주고 시험공부에 전념하게 해주고 싶어서, 나오토는 여름방학이 끝난 뒤부터 지금까지 사야카와 분담해 온 집안일을 모두 맡아서 하기로 했다.

집안일은 집안일대로, 시험은 시험대로.

빈틈없이 양립할 생각이었던 사야카는 그래서야 너무 뻔뻔스럽다고 생각했던 모양인지 처음에는 좀처럼 고개를 끄덕이지 않았다. 하지만,

"순서대로라고 생각하면 되잖아? 내가 수험생이 되면 사야카 누나에게 전부 맡기고 편해지면 되고."

나오토가 그렇게 말하자 순순히 뜻을 굽혔다.

"고마워, 나오. 나⋯ 열심히 할게."

한편 유우타는 진급하여 5학년이 되어도 여전히 비뚤어져 있었다.

유일하게 다행인 점이라면 똑같이 못된 아이라 해도 유우타는 무리지어 나쁜 짓을 하는 스타일도 아니고, 음습한 이지메를 하는 스타일도 아니었다는 것뿐. 모두 무서워서 피하는 학교의 '이단아'인 점은 마찬가지였다.

작년까지는 '나오토'라는 무게추가 있었지만 오늘부터는 그마저도 없다.

생각대로⋯ 라고 해야 할까. 그해 여름에는 결국 한밤중에 번화가를 어슬렁거리다가 경찰의 지도를 받았다.

그때 어머니를 대신하여 데리러 갔던 마사키에게 욕을 하다가 실컷 얻어맞고 돌아왔다.

아무리 유우타라 해도 평소에는 몹시 온후한 마사키가 봐주

지 않고 뺨을 때리자 충격을 받았는지, 돌아오자마자 자기 방에 틀어박혀 버렸다. 그것도 새삼스럽기는 했지만.

그리고 마사키는 어느 시기를 경계로 느릿하고 무거운 한숨을 흘리게 되었다.

그게 걱정되어 나오토가 말을 걸어도 묘하게 건성인 그 말투와 행동은, 평소의 마사키답지 않게 어딘지 될 대로 되라는 태도 같기도 했다.

한밤중. 불빛이 거의 없는 거실에서 잔뜩 지친 어두운 표정으로 담배를 피우는 마사키를 본 것도 한두 번이 아니다.

충격이었다.

품행이 단정하던 자랑스러운 형이 묘하게 그럴듯한 손짓으로 담배를 피우고 있었기 때문… 이 아니다. 나오토를 비롯한 동생들 앞에서는 늘 태연하던 마사키의 진정한 얼굴을 얼핏 보아 버린 기분이 들었기 때문이다.

지금까지 본 적도 없는 마사키의 어두운 얼굴이 눈에 새겨진 채 사라지지 않았다.

그때마다 말을 걸까, 어떻게 할까… 고민하다가, 결국 봐선 안 되는 광경을 보아버린 듯한 어색함에 몰래 발소리를 죽여 자기 방으로 돌아갔다.

당시에 마사키는 피폐해진 생계를 유지하기 위해서 아르바이트를 여러 개 하고 있었다.

그래도 역시 생계는 힘들었다. 마사키 자신은 고등학교를 중퇴하고 더 수입이 많은 일을 하고 싶다고 생각했지만,

"일시적인 생각으로 인생을 내던져 버리면 어떻게 해? 응? 다시 생각해 봐. 나중에 아무리 후회해도 소용없어진다구."

"그래. 조금만 더 참아. 우리가 할 수 있는 일이 있으면 뭐든 도울 테니까. 함께 졸업하자. 응?"

"이러쿵저러쿵 말해도 세상은 학력사회야. 요즘 세상에 최소한 고등학교쯤은 졸업해 두지 않으면, 앞으로 사회에 나와도 힘들 거야."

"네가 가족을 위해서 그렇게까지 희생할 필요는 없어, 마사키 군. 미미하지만 우리도 뭔가 해줄 수 있는 게 있을 거야. 필요할 땐 좀 더 도움을 받아도 돼."

"그런 짓을 하면 자기 때문에 네 장래를 망쳤다고 어머니가 자책하실 거야."

주위의 맹렬한 반대와 강한 설득으로 간신히 단념했다.

당연하지만 서클활동을 하고 있을 상황이 아니었다. 주전이었던 검도 대회에서 순조로이 승리하여 매번 격렬한 시합을 치르고, 동쪽의 '오오츠' 서쪽의 '소우부'라고 불릴 정도로 유서 깊은 고등학교에서 누구보다도 장래를 촉망 받던 '소우부 고등학교의 시노미야'라는 이름은 무대에서 완전히 모습을 감추고 말았다.

동정과 연민, 나아가 불합리한 편견으로 굳어진 주위의 '눈'을 의식하지 않았다면 거짓말이지만, 그 나름대로 어쩔 수 없다고 마사키는 꽤 건조하게 결론짓고 있었다.

가족을 위해서 '희생'하는 것인가.

아니면, 가족을 살리기 위한 '버팀목'이 되는 것인가.

생각하는 방식의 차이일 뿐, 수많은 선택지 중 하나에 지나지 않는다.

마사키는 그들이 생각하는 만큼 비장한 각오로 '불행의 밑바닥'을 기어 다니고 있었던 게 아니었다. 적어도 정신적으로 이상해진 어머니와 금기를 범하기 전까지는….

아무튼 고등학교를 무사히 졸업할 수 있으면 충분하다고 생각했기에, 주위의 보는 눈이 어떻든 출석 일수와 낙제점만 면하면 'OK'라는 식으로 고등학교 생활을 보냈다.

그래서 나오토는 내심 조마조마했다. 어머니에 이어 형까지 몸이 망가지는 게 아닐까 싶어서.

동시에 집안일 말고는 아무 도움도 되지 못하는 자신이 한심해서 견딜 수가 없었다.

더 이상 아동 요금을 내지 않게 되긴 했지만, 사회적인 통념상 중학생은 아직 소아과에 보내지는 '어린아이'다.

미성년자인, 보호받아야 할 어린아이.

그렇기에 자기 의지보다 어른의 논리가 우선시된다. 이렇게 된 마당에 마사키의 아르바이트 수입이 없으면 틀림없이 어머니가 쓰러진 시점에 형제들은 뿔뿔이 흩어지게 되었을 것이다.

그렇게 말하자 마사키는 쿡 하고 웃더니,

"어린아이인 게 뭐 어때서. 언젠가는 다들 싫어도 어른이 될 거야. 억지로 어른스러운 척해 봤자 좋을 게 없어. 게다가 그렇게 빨리 어른이 되면 형으로서 내 입장이 곤란해지잖아. 괜찮아, 나오는 아직 어린아이여도 돼. 나오가 집안일을 잘해 주니까 나도 아르바이트에 전념할 수 있고, 어머니도 안심하고 누워 있을 수 있어. 그렇잖아?"

그렇게 말하고 나오토의 머리카락을 쓰다듬어 흐트러뜨렸다.

하지만 마사키가 중학생일 때는 지금의 자기보다 훨씬 어른스러웠던 듯 느껴지는 건 기분 탓도 아니고 착각도 아니다.

체격이 좋은 것을 차치하더라도 그 시절의 마사키는 이미 '어린아이'가 아니었다. 당당하고 어엿한 '남자'였다.

그리고 지금 비슷한 나이대의 고등학생들이 아직 나이에 걸맞은 어리광과 어린 모습을 간직한 가운데, 마사키는 혼자 빠르게 '어른' 남자의 얼굴이 되어 버렸다.

그에 비해 자신은….

뭘 해도 어영부영하기만 한 어린아이. 나오토는 그 점을 통렬하게 느낀다.

분했다.

한심했다.

그리고 자신만이 불행의 구렁텅이에 빠진 양, 언제까지고 비뚤어져 있는 동생이… 싫었다.

그 목덜미를 휘어잡고 "이제 어리광은 그만 부려!"라고 노려보아도 손쉽게 손을 뿌리친다. 유우타는 노골적으로 눈초리를 치켜 올려 노려볼 뿐, 대답도 하지 않는다.

형으로서 힘도 박력도 부족하단 것을 통감하는 순간이었다.

두 살 차이라지만 본래 유우타와는 동갑이나 마찬가지였다.

무슨 일이든 정색하고 대드는 유우타의 끈질긴 태도에 질려서, 처음에 나오토가 한 발 물러난 게 문제였다.

한번 잘못 끼워 버린 단추를 본래대로 돌리려면 예상 이상으로 힘이 들기 마련이다.

마침내 시노미야 일가의 '썩은 귤'이라 불리게 된 뒤로도 전혀 나아지지 않는 유우타의 생활태도에 화가 난 사야카가 오랜만에 신랄하게 일갈했다.

"너 정말 아무리 시간이 지나도 '어린애'구나. 그렇게 토라지고 벌러덩 드러누워서 울어 젖히기만 하면 해결될 줄 알아? 바보 같아. 계속 징징거리면서 어리광 부리지 마! 남자라면 우릴 버리고 간 그 자식이 다시 보게 만들 정도의 근성은 보여 주란 말이야! 네가 쓰레기 낙오자가 되는 건 네 마음이지만, 우리 발목까지 잡지 마!"

유우타는 말없이 듣고 있다 갑자기 사야카를 때리려고 덤벼들었다. 그리고 결국 마지막에는 말리기 위해 끼어든 나오토와 셋이 뒤엉켜 대판 싸웠다.

사야카는 속이 타서 견딜 수 없었던 것이리라. 아버지에게 버려진 것을 언제까지고 극복하지 못하고 비뚤어진 막냇동생의 어리광을.

형인 마사키가 가족을 위해 필사적으로 노력하고 있는데….

자신도, 나오토도 어머니가 쓰러진 뒤로는 불평하지 않고 집안일을 해왔는데.

그렇게 생각하면 자기밖에 생각하지 않는 남동생의 이기심에 화가 나고, 찬물을 끼얹는 짓만 하는 유우타가 미워서 견딜 수 없었던 것이리라.

혹은 어쩌면 사야카 역시 스스로 알지 못하는 사이에 수험 스트레스가 쌓였던 것일까….

그때 사야카가 이마를 베어 피를 흘렸기 때문에 또 한바탕 소동이 일어났다.

나오토와 유우타는 얼굴이 피투성이인 사야카를 보고 겁을 집어먹어 굳어 버리고.

어머니는 충격을 받아 쓰러지고.

황급히 부른 구급차의 사이렌 소리에 집 주위로 구경꾼들이 모이고.

아르바이트를 하다가 뛰어온 마사키의 눈은 새빨갛게 충혈되었고….

친척 어른들은 그럴 줄 알았다는 듯 머리를 싸쥐고, 이렇게 되었으니 머리를 식히기 위해서라도 잠시 사야카와 유우타를 떼어 놓는 게 좋지 않겠느냐고 마사키를 종용했다.

이럴 때 반 병자인 어머니는 전혀 도움이 되지 않는다.

설령 큰 싸움을 하더라도 서로 헤어지게 될 거라는 사실을 알면 동생들의 거부반응이 엄청날 테고, 뭐라고 말해도 소용이 없다는 사실을 잘 안다.

그렇기에 그들은 마사키에게 결단을 촉구했다. 그렇게 하면 싫거나 내키지 않아도 동생들이 마사키를 따르기 때문이다. 유우타조차도.

아버지가 없어진 뒤 마사키에 대한 동생들의 그런 태도는 현저했다. 그만큼 마사키를 믿고 의존하고 있다는 뜻이었다.

결국 사야카가 옆 도시에 있는 외가에서 학교를 다니게 되었다. 시간은 조금 걸리지만 전철로 다니면 메이와 중학교까지 못 다닐 거리는 아니었기에.

아무리 그래도 초등학생인 유우타더러 전철을 타고 학교에 다니라고 할 수는 없다는 것도 이유였지만, 이왕 이렇게 된 김에 수험생인 사야카에게 쓸데없는 부담을 지우지 않고 공부에 전념하게 했으면 좋겠다고 마사키가 생각했기 때문이다.

"사야카도 이렇게 되었으니 조용한 환경에서 차분히 시험공부에 전념해 보면 어떨까? 외할아버지도 외할머니도 네가 와주면 좋겠다고 하니까. 이쪽 일은 걱정하지 않아도 돼. 어머니도 지금은 훨씬 안정되었고 집안일은 나오가 잘해 줄 테니까."

그런 오빠의 마음을 헤아려 순순히 고개를 끄덕이는 걸 보아, 사야카의 브라더 콤플렉스는 굳건했다.

사야카에게 오빠는 하루의 활력소였다. 그런데 앞으로 시험이 끝날 때까지 마사키의 '얼굴도 볼 수 없고' '목소리도 들을 수 없는' 생활을 하게 되면, 모처럼 있는 의욕도 사라져 버린다.

하지만 고집을 피워 마사키를 곤란하게 만들고 싶지도 않다.

그래서 시험이 끝나면 바로 집으로 돌아오겠다고 몇 번이나 다짐하고, 마지못해 외가로 가기로 했다.

사야카가 일시적으로나마 없어지자 집안은 갑자기 썰렁해져서 마치 불이 꺼진 것처럼 조용했다.

나오토는 새삼스럽게 실감했다. 최근 1년, 툭 하면 돈이 드는 집안 생계를 지탱해 온 이는 큰형 마사키였지만, 자칫 잘못했다가는 무겁고 침침해질 분위기를 풀어 왔던 이는 시끄럽지만 딱 부러지는 누나 사야카였다는 사실을.

'여자아이 한 명만 있어도 집안이 밝아진다'는 말은 아마 그런 의미일지도 모른다.

일본인 같지 않은 용모의 마사키는 그저 거기 있는 것만으로도 행복하고 화려한 분위기를 자아내는 미남이지만, 그와는 또 다른 의미로 시노미야 일가에서 사야카의 존재는 가족에게 없어서는 안 되는 것이었다는 사실을 나오토는 깨달았다.

"가족은 함께 있기에 가족이야."

어머니가 입버릇처럼 말하는 그 말의 의미를 나오토는 몸으로 실감한다.

'가족'이라는 이름의 직소 퍼즐.

없어져 버린 아버지의 조각은 다시는 채워지지 않는다. 그러니까 이제 누구의 조각도 잃고 싶지 않다고 나오토는 생각했다.

그런 의미에서 '가족의 유대감'에 누구보다 집착했던 것은 어머니였을지도 모른다.

연약한 여자의 몸으로 네 아이들을 기르는 것의 이상과 현실.

아마도 어머니는 실시간으로 수많은 문제를 끌어안고, 그때마다 맞부딪치는 벽의 엄혹함을 지긋지긋할 정도로 맛보았으리라. 그러다가 결국 심신의 스트레스로 인해 컨디션이 무너졌을 때에는 내심 부끄러웠을 게 틀림없다.

이래서는 안 돼.

내가, 더, 제대로 해야 하는데….

하지만 마음만 조급해 봤자 몸은 뜻대로 움직여 주지 않는다. 그 고뇌가 오죽했을까.

본래 아이들을 제대로 양육해야만 하는 자신이 반대로 가족의 골칫거리로 전락해 버렸다.

그렇게 생각하면 몇 배는 더 고통스러웠을 게 틀림없다.

부모로서의 책임능력.

이기적이라는 것을 알면서도 버릴 수 없는 자존심.

잃고 싶지 않은 정.

똑바로 바라보지 않을 수 없는 잔혹한 현실.

그것들이 뒤엉켜 싸우며 끝없는 딜레마가 생겨나고, 심신을 피폐하게 만든다.

그리고 조금씩 모든 생활을 가족들에게 의존하기 시작하게 되었을 때, 어머니 안에 무언가가 조용히 무너져 간 것이리라.

그것을 뒷받침하듯 어머니는 마치 다른 사람처럼 존재감이 흐려졌다. 그저 얼굴만 야윈 것이 아니라 정기가 거의 없는 표정은 뭔가 공허해 보이기까지 했다.

누가 보아도 알아차릴 수 있을 정도의 흐릿한 존재감.

어머니가 그랬기에, 마사키는 '어머니를 지켜 줄 수 있는 사람은 나밖에 없어'라고 생각한 것일까.

마사키는 다방면에서 어머니를 돌보았다. 꾸밈없이 다정하게 웃으며.

깊이 있는 온화한 목소리로, 동작으로, 위로하듯 감싼다. 어머니의 모든 것을….

어딘지 모르게 감도는 그 친밀감에 사야카가 뭐라 말할 수 없는 눈으로 두 사람을 바라보는 것도 알아차리지 못하고.

하지만 나오토는 그런 사야카의 브라더 콤플렉스를 비웃을 수 없었다.

마사키의 관심을 받지 못해서 쓸쓸해하고 있는 이는 사야카뿐만이 아니다.

사야카만큼 노골적으로 드러낼 수는 없지만, 같은 남자로서 형을 보는 눈에 브라더 콤플렉스가 상당히 깃들어 있음을 나오토도 스스로 느끼고 있었다. 단지 그걸 드러내고 사야카와 겨룰 생각은 조금도 없었을 뿐.

아니, 반대로 사야카의 앞에서는 거의 무의식중에 브레이크를 걸고 있었는지도 모른다.

"나오. 이제 오빠를 '마 쨩'이라고 부르지 마. 중학생씩이나 되어서 그러면 듣는 쪽도 좀 부끄럽다구."

그래서 사야카에게 그런 말을 들었을 때도 '그런… 가? 하지만 이제 와서 다른 식으로 부르다니…'라고 생각했다. 하지만 확인 사살이라도 하듯,

"오빠는 상냥하니까 아무 말도 하지 않지만 사실은 남 앞에서 계속 그렇게 부르는 걸 싫어하지 않을까?"

딱 잘라 말하는 통에 교정했다.

어쩐지… 나오토가 '마 쨩'이라고 부르는 것을 마사키가 싫어

한다기보다는 사야카가 싫어하는 것 같다. 그렇게 생각했기 때문이다.

만약 시노미야 일가가 아무 일 없이 평범한 상태였다면 아마 나오토도 "무슨 소리야. 어떻게 부르든 내 마음이잖아?"라고 밀고 나갔을 테다. 그 이전에 그런 사야카의 낌새를 알아차리지 못했을지도 모른다.

하지만 지금은 아주 작은 일이라 해도 쓸데없는 풍파를 일으키고 싶지 않았다.

정작 갑자기 나오토가 '마사키 형'이라고 부르자 한순간 완전히 말문이 막혀 버린 마사키는 "나오… 갑자기 왜 그래? 뭐 잘못 먹었어?"라고 진지하게 말했지만.

쓸쓸하다.

나를 신경 써줬으면 좋겠다.

하지만 마사키의 부담만은 되고 싶지 않다.

그것이 사야카와 나오토의 거짓 아닌 진심이었다.

그래서 사야카가 외가에서 시험공부에 전념하게 되었을 때 나오토는 저도 모르게 한숨을 쉬었다. 이제 틀림없이 사야카도 차분히 공부할 수 있을 거라고 생각했기 때문이다.

나오토가 그렇게 생각할 만큼 마사키와 어머니의 친밀도는 날로 늘어가고 있었다.

어머니의 컨디션이 좋을 때에는 마사키와 둘이 나란히 산책을 나가는 일도 드물지 않았다.

단기간에 완전히 야위어 버린 어머니의 모습은 당연히 주위의 동정을 자아냈지만, 그래도 키 큰 마사키의 팔을 잡고 느릿하게 걷는 어머니의 얼굴은 기분 탓인지 즐거워 보이기도 했다.

그보다 훌륭한 효자인 마사키의 모습은 이웃에서도 평판이 자자했다. 비뚤어진 막내의 모습에 모두 눈살을 찌푸리는 것과는 반대로.

어떤 의미에서 마사키의 행동은 세상 부모들—특히 어머니가 '그래 줬으면'하고 바라는 이상적인 자식 상을 구현하고 있었는지도 모른다.

그렇지 않으면,

"시노미야 씨네 마사키 군은 정말로 훌륭한 아드님이야."

"저렇게까지 해주고 있다니 어머니가 얼마나 고맙겠어. 솔직히 부러워."

"우리 애도 발톱만큼이라도 닮았으면 좋겠는데."

라고 모두 똑같이 입을 모아 마사키를 칭찬하지 않았으리라.

그래서 나오토는 한밤중에 발소리를 죽여 어머니의 방에서 나오는 마사키를 우연히 보았을 때에도 별로 위화감을 느끼지 않았다.

뿐만 아니라 어머니의 컨디션이 나쁠 때에는 늘 마사키가 옆에 달라붙어 약을 먹였기 때문에 '아, 또 어머니의 컨디션이 나빠졌구나' 정도로밖에 생각하지 않았다.

그게 거듭되자 이번에는 마사키의 컨디션이 나빠지지 않을까 걱정되어 '마 쨩, 부탁이니까 너무 혼자서만 노력하지 마'라며 깊은 한숨을 흘리기도 했다.

사야카가 없는 지금 마사키까지 쓰러지면 나오토는 그야말로 패닉에 빠져들 게 틀림없다고 생각했다.

하지만.

12월이 된 직후. 학기말 시험 마지막 날.

2교시에 시험을 다 보고 오전에 서둘러 집으로 돌아온 나오토는 그대로 2층에 있는 자기 방으로 돌아가려다가 문득 걸음을 멈추었다. 뭔가 익숙하지 않은 목소리… 같은 것이 들려왔기 때문이다.

저도 모르게 귀를 기울이며 '뭐지?' 고개를 갸웃거렸다.

묘하게 잠긴… 신음?

그게 1층 안쪽 어머니의 방에서 새어 나오고 있음을 알고 움찔했다.

어쩐지 오열과 비슷한 어머니의 신음.

때때로 쉬어 끊어지는 그 소리는 어딘가 괴롭게 들려서….

어쩌면 아무도 없는 동안 어머니의 몸 상태가 또 나빠져 버린 게 아닐까. 한순간 나오토의 얼굴도 창백해졌다.

그리고 황급히 방문 쪽으로 달려가려고 한 그때.

"…아… 아앗, 케이스케… 씨!"

갑자기 아버지의 이름을 부르는 어머니의 높다란 교성에, 나오토는 그 자리에 흠칫 얼어붙었다.

'아… 버… 지?'

잘못 들은 게 아니다. 확실히 아버지의 이름이었다.

'어째서?'

그때. 끼잉 하고 귀울음이 들렸다.

'…왜…?'

그게 관자놀이를 걷어차는 듯한 자신의 심장 소리라는 사실을 알아차리고, 나오토는 꿀꺽하고 숨을 삼켰다.

'아버지가… 왔나?'

설마….

뭘 하러?

'거짓말이지?'

'정말로?'

양립될 수 없는 그 말이 머릿속에서 다투고, 빨라지는 뜨거운 심장 고동이 나오토의 목을 꽉 조인다. 숨을 쉬기가 너무 괴로워서 확 이를 악물었다.

그 순간.

갑자기.

문이.

조용히… 열렸다.

'——!'

머리 꼭대기부터 등골까지 번개가 뚫고 나간 것 같아서, 나오토는 숨결 끝까지 굳어 버린다.

하지만 열린 문 너머에서 마찬가지로 멍하니 할 말을 잃고 있는 이가 '아버지'가 아니라 형인 '마사키'란 사실을 알고 나오토는 눈을 더 크게 떴다.

'어? 마… 짱?'

마치 여우에게 홀리기라도 한 듯한 착각에 나오토는 가만히 마사키의 얼굴을 응시한다.

'어… 째, 서…?'

마사키가 어머니의 방에서 나오는 것은 특별히 신기한 일이 아니다.

이미 몇 번이고 보아 익숙해진 광경이었다.

그런데….

그때.

뭔가가 다르게 보였다.

'무엇, 이…?'

'무엇—이?'

뭐가 뭔지, 잘 모르겠다. 그저 말로 할 수 없는 그것이 엄청난 기세로 머릿속을 빙글빙글 돈다.

'왜?'

아버지가 아니라 마사키인가.

'어째서?'

마사키가 그런 창백한 얼굴로 자신을 바라보고 있는가?

영문 모를, 갑자기 생겨난 위화감.

그것뿐인데도 어쩐지 익숙한 마사키의 미모가 순간적으로 모르는 사람처럼 느껴져서…. 나오토는 말없이 어색하게 뒷걸음질 쳤다.

그러자 빛에 부옇게 흐려진 시야 속에 마사키의 두 눈이 약간 그늘진 것 같은, 그런 기분이 들어서 나오토는 눈도 깜박일 수 없을 정도로 마사키에게 딱 고정되어 있던 시선을 억지로 돌리고 황급히 2층 자기 방으로 달려 올라갔다.

이젠….

뭐가 뭔지 모르겠다.

그저 거기에 있어선 안 된다는 강박관념에 사로잡혀 나오토는 도망친 것이다.

문고리를 돌리는 손이 계속 떨린다.

문을 밀어야 하는지.

잡아당겨야 하는지.

패닉에 빠진 머리로는 그런 것조차 판단할 수 없게 되어서….

그저 철컹철컹 하고 마구 돌려 간신히 문이 열린 뒤, 그대로 앞으로 고꾸라지듯 방 안으로 들어가 곧장 뒤로 손을 돌려 문을 닫은 나오토는… 그 자리에 스르륵 주저앉았다.

'뭐지?'

아직도 잦아들지 않는 심장을 주먹으로 꽉 억누르며 나오토는 자문한다.

그건 대체, 뭐였지—라고.

'내가 왜 이러지….'

마치 겁을 먹은 양 황급히 마사키에게서 도망친 자신을… 이해할 수가 없다.

아니.

정말로 모르는 것일까.

아니면 알고 싶지 않은 것뿐인가.

그조차 알 수 없게 되어 버린 지금의 자신에게, 나오토는 새삼스럽게 놀란다.

그저 놀란 듯 자신을 응시하는 마사키의, 어째서인지 굉장히 상처 받은 것 같은 두 눈이 슬퍼 보여서 가슴이 아팠다.

마사키에게 그런 표정을 짓게 만든 것이 자신이라고 생각하면, 갑자기 울고 싶어졌다.

그리고 잠시 후.

갑자기 문을 노크하는 소리가 들렸다.

화들짝 놀라 고개를 든 나오토는 느릿하게 일어선다.

한순간 문손잡이에 닿았던 손이 망설임으로 떨렸다.

그러자 그것을 간파한 듯 "나오, 나야"라며 마사키가 말했다.

나오토는 말라 버린 입술을 몇 번이고 혀로 적신 뒤, 천천히 문을 연다.

조심조심 올려다본 시야 너머에는 평소 그대로의 마사키가 있었다.

나오토는 그것만으로도 눈에 띄게 안심한다. 어쩌면 뭔가 착각이었을지도 모르겠다는 생각이 들어서.

"들어가도 돼?"

"…응."

안으로 들어온 마사키는 계단에 내던져져 있던 나오토의 가방을 책상 위에 올려놓았다.

"고… 고마, 워…."

나오토가 어색하게 말하자 그대로 침대 끝에 걸터앉는다.

그러자 어째서인지 갑자기 방 안 공기가 술렁이는 기분이 들어서, 나오토는 교복 웃옷만 벗어 행거에 건 다음에 어쩔 줄을 모르고 책상 앞 의자에 앉았다.

"기말 시험… 오늘 끝나던가?"

"아… 응. 그래….

"어땠어?"

"그럭… 저럭….

뭔가를 얼버무리는 듯한 종잡을 수 없는 대화는 묘하게 속이 들여다보여서, 어떻게 대답해야 할지 모르겠다.

가볍게 눈을 내리깐 나오토는 마사키를 보려고 하지 않는다.

그런 불편한 분위기가 초조한 듯 마사키는 한 번 깊은 한숨을 쉬더니, "나오, 이리로 와" 하고 굉장히 상냥한 목소리로 나오토를 불렀다.

하지만 그 상냥함의 밑바닥에는 무언가… 범상치 않은 것이 달라붙어 있는 듯해서, 나오토는 거기에서 한 걸음도 움직일 수 없었다.

"나오?"

마사키가 평소처럼 독특한 억양으로 나오토의 이름을 부른다.

하지만 그조차도 지금의 나오토에게는 너무 무거웠다.

"나오? 왜 그래?"

평소와 같은 마사키의 말투.

그래도 뭐라 표현하면 좋을지 모를 위화감을 지울 수가 없다.

하지만.

"나오… 안 들려?"

참을성 있게 부르는 마사키의 상냥한 목소리가 귀에… 몸에 달라붙어 떨어지지 않는다.

그제야 체념한 듯이 나오토가 시선을 들자, 마사키는 웃음기 없는 금갈색 눈으로 나오토를 바라보고 가볍게 손짓했다.

"이리 와, 나오."

그 순간, 나오토의 내면에서 뭔가가 욱신… 하고 아파 왔다.

마치 금갈색 눈동자에 빨려 들어가는 것처럼 어색하게, 나오토가 다가간다.

겨우 몇 걸음의 거리가 굉장히 멀다. 그렇게 생각할 만큼 나오토는 마사키의 주박에 걸려 있었는지도 모른다.

마사키에게서 눈을 뗄 수가 없다.

그러자.

마사키는.

갑자기 표정을 풀더니 나오토의 손을 잡아 무릎 위에 앉히고, 그대로 등 뒤에서 품 안에 끌어안았다. 옛날처럼. 하지만 그 시절보다 몹시 강제적으로.

갑작스럽고 그리운, 하지만 생각지도 못한 스킨십에 나오토는 저도 모르게 굳어 버린다.

아무리 그래도 중학교 1학년씩이나 되었는데 이런 자세는 좀 그렇지 않을까… 라는 창피함보다도, 푹 감싸인 품 안에서 옴짝달싹도 할 수 없다는 것이 어째서인지… 더 충격이었다.

자신은 이제 그 시절 같은 어린애가 아니다. 그렇게 생각했다.

키도 훨씬 컸고 몸무게도 나름대로 늘었다.

그런데….

마사키와의 차이는 좁혀지지 않는다.

그리고 갑자기 깨닫는다. 나오토의 모든 것을 휘감는 마사키의 팔과 가슴이, 기억에 남아 있던 것보다도 훨씬 다부지다는 사실을.

그게 묘하게 나오토를 쿡쿡 자극했다.

그 시절 이미 마사키는 '어른'이었다.

하지만 지금의 형이 몇 배나 성숙한 '남자'라는 사실을 깨닫게 된다.

'어른'인 형.

하지만 나오토가 모르는 '남자'로서의 마사키가 여기에 있다.

잔뜩 잠기고 쉰 어머니의 신음.

아버지의 이름을 부르는 높다란 교성.

그리하여 나오토는… 생각해 낸다. 어머니의 방에서 나온 마사키가 바지 위에 셔츠를 걸치기만 한, 반쯤 벗은 상태였다는 사실을.

그러자.

나오토는 누가 입 안, 아니, 위장 안에 억지로 얼음덩어리를 쑤셔 넣은 것 같은 기분이 듦과 동시에 소름이 돋았다.

'아… 니, 야!'

그 순간 머리 한구석을 스쳐간 것을 필사적으로 지우고 입술을 깨문다.

"왜 그래, 나오. 추워?"

그렇게 속삭이는 소리를 들었을 때 처음으로, 나오토는 자신이 덜덜 떨고 있다는 사실을 알았다.

"나오?"

한번 깨닫고 나자 그것은 절망적인 두려움으로 바뀌었다.

마사키가 무섭다.

자신이 잘 아는 '형'이 아닌 '마사키'가, 대체, 무슨 생각을 하는지. 그걸 알 수가 없어서 무섭다.

마사키의 품 안에서 나오토가 부들부들 떤다.

소름이 돋은 목덜미는 물론이고, 비정상적으로 빠른 심장 소리까지도 마사키는 다 느끼고 있을 것이다. 그 생각을 하면 더욱 몸이 떨렸다.

도망치고 싶었다. 형의 주박에서.

그런데.

마사키는.

그 떨리는 몸까지 휘감듯 더 깊이 나오토를 끌어안더니, 귓가를 핥을 것처럼 입술을 가까이 가져와 속삭였다.

"나오… 아무에게도 말하지 않을 거지?"

무엇을인지는 말하지 않고, 그저 뜨거운 숨결로 "말하지 않을 거지?"라고… 강요한다.

숨이 막힐 정도로 밀착한 피부의 온기를 나오토에게 알리듯.

"어머니를 지켜 줄 수 있는 건 우리뿐이니까. 무슨 얘기인지 알지?"

거절을 허락하지 않는 달콤한 말투로.

"나오?"

그저 하염없이, 공범이 되기를 나오토에게 강요한다.

그리하여 나오토는 좋든 싫든 확신하게 된다. 형과 어머니의
비밀에 대한 진실을.

그곳에서 마사키와 어머니가 무엇을 하고 있었는지….

그 생각을 하면 눈앞이 새까매졌다.

몸 안의 피가 얼어붙고 숨이 멈출 것 같다.

그래도.

"아무에게도… 말하지 않을 거지?"

나오토는 그저 고개를 끄덕일 수밖에 없었다. '가족'을 잃지
않기 위해서….

설령 그것이 배덕이라는 이름의 지옥이라 해도. 나오토는 이
형의 온기를 잃고 싶지 않았다.

"착하지, 나오."

그렇게 말하며 마사키가 나오토의 머리카락을 쓰다듬는다.

떨리는 나오토의 몸을 달래듯, 몇 번이고.

…몇 번이고.

그 입술로 나오토의 머리카락과 목덜미에 입을 맞춘다.

마치 말로 할 수 없는 기도를 바치는 것처럼 몇 번이고….

하지만 나오토의 떨림은 멎지 않았다.

참아 보아도….

참아 보아도.

어째서인지 하염없이 눈물이 흘렀다.

형의 품속에서 오열을 삼키며.

눈물이 말라 버릴 때까지, 밀착한 마사키의 심장을 느끼며.

그날, 나오토는 가슴속에서 무언가가 터져 버리는 소리를 들었다.

아무 말도 하지 않는다.

아무것도 보지 않는다.

아무것도 듣지 않는다.

마사키와의 약속은 그걸로 지켜질 터였다.

그날.

사야카가 갑자기 돌아오지 않았다면….

그날.

나오토가 감기로 앓아누워 학교를 쉬지 않았더라면, 사야카의 그렇게나 비통한 비명을 듣지 않아도 되었을 것이다.

"엄마도… 오빠도 더러워! 엄마 따위… 엄마 따위, 죽어 버려!"

사실 나오토는 그·것·을 직접 보지 않았기에 그나마 간신히 제

정신으로 있을 수 있었다.

하지만… 오빠와 어머니의 '정사'를 도중에 그대로 목격해 버린 사야카는 반쯤 미쳐버린 상태로, 말리는 마사키를 뿌리치고 집에서 뛰쳐나가 버렸다.

그리고 그 뒤로 사야카는 두 번 다시 돌아오지 않았다.

"누… 나, 그래서… 엄마… 의 장례식, 에도… 안 온 거야?"

어금니를 물고 묘하게 쉰 목소리를 울리며, 유우타가 말했다.

마사키와 어머니의 생생한 진실을 알고 역시 충격을 숨길 수 없는 모양이었다.

"그래."

사야카가 집을 나간 뒤 1주일 후, 어머니는 갑자기 죽었다.

"엄마가… 자살, 해서?"

그 말에 죽은 어머니의 창백한 얼굴을 떠올린 나오토의 한쪽 뺨이 움찔하고 경련했다.

하지만.

"자살이 아니야. 그건 사고야."

마사키는 딱 잘라 그렇게 말했다.

"하지만… 다들 그랬어. 엄마는 장래를 비관해서 수면제를…

많이 먹고 죽었다고….”

　외조부모나 친척, 장례에 온 사람들은 모두 뒤에서 그렇게 수
군거렸다. 유서고 뭐고 없었지만, 부모로서의 책임도 다하지 못
하는 상황을 비관하여 자살한 것이리라고.

　“아니야. 먹을 양을 착각한 것뿐이야. 어머니는 불면증 때문
에 약을 먹지 않으면 잠들 수가 없었으니까.”

　하지만 과실이든, 각오한 자살이든, 최후에 그 방아쇠를 당긴
직접적인 원인이 무엇이었는지…. 그 진실을 아는 사람은 죽은
어머니 말고는 한 명도 없었다.

　너무나도 갑작스러운 어머니의 죽음.

　그 때문에 마사키는, 나오토는, 아마도… 사야카도. 각각 커
다란 의혹과 사라지지 않는 상처를 끌어안게 되어 버렸다.

　그리고,

　“거짓말 마! 엄마는 마사키 형이랑 섹스하는 걸 누나한테 들
켜서 죽어 버린 거잖아!”

　유우타도 마찬가지로.

　“마사키… 형… 이… 엄마랑, 섹스 같은 걸 해서… 그래서
엄마는 죽어 버린 거야!”

　유우타의 인정사정없는 규탄은 마사키와 어머니의 금기를 묵
인해 온 나오토의 ‘공범’으로서의 양심과 아픔을 통렬하게 후벼
팠다.

　그런데 마사키는 말한다.

　“그건 사고야. 어머니는 자살 같은 거 안 해.”

하염없이 차분한 말투로, 어디까지나 '사고'라고 우기는 마사키는 아마 그렇게 믿고 싶은 것이리라. 어머니는 사야카에게 마사키와의 정사를 목격당하고 고민하다가 목숨을 끊은 것이 아니라, 그저 평소에 먹던 약의 양을 착각하여 너무 많이 먹어 버린 것뿐이라고.

나오토가 그렇기를… 절실히 바라는 바와 마찬가지로.

부모자식 간에 성교를 한다는 터부에 질겁하며, 마사키와 어머니를 '더럽다'고 욕한 사야카가 마지막에 어머니에게 던진 '죽어 버려!'라는 말의 맹독. 그것이 병든 어머니의 목숨을 끊어 버린 게 아니라고, 그렇게 믿고 싶은 것이다.

문제의 사야카는 결국 지망하던 고등학교에 합격을 하지 못했다.

성적이 부족했던 것이 아니다. 어머니의 장례식이 끝나고 사흘 뒤, 사야카는 갑자기 몸 상태가 나빠져서 입원하여 그날 시험을 보지 못했다.

외할머니는 사야카가 어머니의 빈소에도 얼굴을 보이지 않고 장례식에 참가하길 완고하게 거절한 것에 대해 속으로 상당히 복잡한 생각을 했겠지만, 조금도 티를 내지 않고 사야카의 합격이 확실하던 고등학교에 가지 못한 일을,

"시험 전에 입원이라니…. 역시 어머니 일이 충격이었던 거겠지…."

전화로 계속 아쉬워하고 있었다.

그런 만큼 외할아버지는 어머니의 죽음을 소홀히 여긴 벌을

받은 것이라고 내뱉었다고 하지만.

게다가 어머니의 빈소에서 우느라 눈이 새빨개져서 흐느끼는 유우타의 모습은 빈소에 온 사람들까지 눈물 짓게 하고. 모습도 보이지 않는 사야카는 '충격으로 쓰러져 버린 걸까'라고 사람들의 걱정을 자아내고. 치밀어 오르는 눈물을 참으며 훌륭히 상주의 책임을 다한 마사키는 역시 꿋꿋하다고 칭찬 받고. 그리고 울고 싶어도 울 수 없어 그저 멍한 상태였던 나오토는, 부모가 죽어도 눈물을 보이지 않는 매정한 아이라는 말을 들었다.

잘 자란 아이, 못난 아이.

운이 좋을 때, 운이 나쁠 때.

형제가 넷이나 되면 아무래도 누군가가 손해 보는 역할을 맡게 되는 것이리라.

"그래도… 네가 그렇게 생각하고 싶다면 상관없어. 별로 내 생각을 너에게 강요할 생각은 없으니까."

그렇게 담담히 모든 것을 아무렇지도 않은 듯 잘라 버리는 형은 역시… 어딘가 망가진 거라고 나오토는 생각했다.

어머니가 죽어 버린 뒤 마사키는 마치 혼의 반쪽이 없어져 버린 것 같았다.

무엇에도, 누구에게도 집착을 보이지 않는다. 사람의 마음을 사로잡던 매혹적인 두 눈조차 지금은 차가운 유리알 같다.

모델로서의 일은 제대로 하고 있는 모양이지만 그 역시 그저 동생들을 양육해야만 한다는 의무감 때문인 듯 느껴져서, 요즘 나오토는 어쩐지 불안해서 견딜 수가 없었다.

어쩌면 이러다가 일이고 뭐고 내던지고, 자신들에게도 말없이 홀쩍 어딘가로 가버리는 게 아닐까. 그런 예감이 들었다.

그건 아마도 어머니가 죽은 뒤 아버지가 이 집을 팔고 싶어 한다고, 외숙부들이 울분에 찬 말투로 하는 이야기를 우연히 들어 버렸기 때문일지도 모른다.

시노미야 일가의 집이 없어진다고?

이 집이 없어져 버리면 우리들은 어떻게 되지?

마사키는 대체… 어떻게 할 생각일까?

그 불안하고 종잡을 수 없는 마음이 이제 와서 단숨에 현실감을 가지게 되어 버린 것 같았다.

유우타를 친할아버지 댁으로 보낸다.

그것은 과거의 굴레를 모두 잘라 버리고, 혼자 처음부터 다시 하고 싶다는 마사키 나름대로의 의사표현이 아닐까?

그러기 위해서 굳이 금기의 카드까지 꺼내 유우타를 멀리하려고 하는 것이 아닐까.

그럼, 그다음에는?

'나…?'

움찔한 나오토는 황급히 그 생각을 지운다.

하지만 두근두근 빨리 뛰는 심장은 쉽게 잦아들지 않았다.

그런 나오토의 동요를 더욱 부추기듯이, 갑자기 유우타가 말했다.

"나오 쨩… 알고 있었지?"

"어…?"

"마사키 형이랑 엄마 일."

갑자기 자신에게 창끝이 돌아오자 나오토는 허둥댄다.

"…아… 응…."

"하지만 누나처럼 이 집에서 나가지 않았어. 왜?"

그렇게 물어보자 뭐라고 대답하면 좋을지…. 나오토는 잠시 망설인다.

그건, 가족… 이니까.

'아니야.'

마사키를 잃고 싶지 않았기 때문이다.

그날 마사키가 '아무에게도 말하지 마'라고 입막음을 했을 때, 나오토는 형의 비밀과 그 죄를 공유하는 공범이 되었다. 금기를 묵인함으로써 마사키의 곁에 있을 수 있다면, 그래도 좋다고 생각했다.

'나한테는, 마 짱밖에….'

말로 할 수 없는 복잡한 감정을 주체하지 못하고, 나오토는 안타까운 눈빛으로 마사키를 살핀다.

하지만 마사키는 전혀 반응을 보이지 않았다.

강한 격정만으로 나오토를 주박한 '그때'와는 전혀… 다르다. 아무 집착도 보이지 않는 차가운 눈.

그때 갑자기 나오토는 깨달았다. 어쩌면 마사키가 가장 버리고 싶어 하는 것은 유우타가 아니라 자신이 아닐까.

그리고 처음으로 알아차렸다. 어머니가 죽어 버린 순간, 나오토의 '공범'으로서의 가치도 없어졌다는 점을. 그렇다면 배덕이

라는 이름의 상처를 서로 핥아 주는 것밖에 할 일이 없는, 골치
아픈 존재에 지나지 않는다는 사실을.

'나는 이제… 필요 없어?'

그렇게 생각한 순간 나오토의 입에서 나온 말은,

"이 집에서 나가면… 어디로 가면 된다는 거야? 친할아버지
나 외할아버지가 데려가고 싶어 하는 건 너지 내가 아냐. 어머
니가 살아 있을 때부터 계속 그랬잖아. 내 이름을 부른 적도…
한 번도 없어. 나를 필요로 하는 건 이 집뿐이잖아…? 그러니까
난 아무 데도 안 가. 사야 누나가 이 집을 버리고 가버려도, 네
가 친할아버지한테 가도, 나는 계속 여기 있을 거야. 마사키 형
한테 내가 필요 없어져도 나는… 이 집에 있을 거야."

스스로도 생각지 못했을 정도로 진심을 토로하는 말이었다.

나오토는 이미 한참 옛날에 깨달았다. 자신이 유우타 정도로
모두에게 사랑받고 있지는 않다는 사실을.

마사키는 모르겠지만 어머니가 죽고 반년쯤 지났을 때 사야
카가 나오토를 불러낸 적이 있었다.

그때 사야카는 자신이 알기 훨씬 전부터 형과 어머니의 관계
를 나오토가 알아차리고 있었을 뿐만 아니라, 마사키가 입막음
하고 있었다는 것을 알았다. 그리고 굉장히 상처 받은 눈으로
표정을 일그러트리고,

"너… 최악이야."

그렇게 중얼거리더니,

"언젠가… 벌 받을 거야!"

그런 말을 나오토에게 내뱉고 등을 돌렸다.

외할머니는 사야카가 입시에 실패한 고등학교에 나오토가 원서를 낸다는 것을 알고,

"나오 쨩, 다른 고등학교로 할 수 없겠니? 굳이 사야카의 상처를 쑤시는 짓은 하지 않아도 되잖아…. 할머니는 나오 쨩이 좀 더 다정한 아이라고 생각했는데…."

그렇게 말했다. 그 후로 2년이나 지났는데….

친할아버지는 어머니가 살아 있을 때부터 나오토에 대한 태도가 더 노골적이었다. 무슨 일만 있으면,

"나오토, 너보다 어린 유우타에게 뒤처지다니 한심하구나. 좀 더 똑 부러지게 못 하겠냐!"

그런 말을 던졌다.

그런 나오토를 감싸 준 이는 아버지도 어머니도 아닌, 마사키뿐이었다. 그래서 나오토는 마사키만 옆에 있어 주면 괜찮다고 생각했다.

하지만 저도 모르게 마음속을 폭로해 버린 뒤에는 이래서야 마치 따돌림 받는 아이의 푸념 같다고, 어딘가 남의 일처럼 나오토는 생각했다.

친가와 외가. 어느 쪽도 데려가려고 하지 않아서 토라진 어린애. 그렇게 여겨질 정도로.

이럴 생각은 없었는데….

새삼스럽게 후회해도 이미 늦었다.

아마 마사키가 마지막 카드를 꺼내 버린 탓에, 나오토가 무의

식중에 간직하고 있던 감정의 봉인까지 풀려 버린 것이리라.

그래서 유우타뿐만이 아니라 마사키까지 놀란 표정으로 자신을 보고 있는 것을 알아차렸을 때, 나오토는 자신이 혼란스러운 와중에 '조커' 카드를 완전히 잘못 꺼내 버렸다고도 생각했다.

그래서….

"아냐, 마사키 형. 그냥 말이 그렇다는 거야. 나… 고등학교까지만 보내 주면 돼. 그러고 나면 어디서든 제대로 혼자 할 수 있고, 언제까지고 마사키 형에게 기생할 생각은 없어. 그러니까 그렇게… 진지하게 받아들이지 마."

그렇다면 차라리 마사키가 그 말을 꺼내기 전에 먼저 자기가 기한을 정해 버릴 생각이었다.

고등학교를 졸업할 때까지….

3년의 유예가 있으면 나름대로 계획도 세울 수 있다. 마사키가 홀가분해질 수 있도록, 갈팡질팡하는 마음도 확실히 정할 수 있을 것이다.

그러자 마사키는 생각지도 못한 강한 눈빛으로 나오토를 노려보더니 그대로 느릿하게 일어나서,

"유우타. 이 이야기 잘 생각해 봐. 대답은 내일 해도 돼."

그 말만 내뱉고 자기 방으로 사라졌다.

"난… 나오 쨩이 그렇게 생각하는 줄 몰랐어."

그리고 유우타가 불쑥 중얼거리고 자기 방으로 돌아갔다.

그 뒷모습이 문 저편으로 사라져 버리자, 나오토는 울며 웃는 듯한 한숨을 흘리지 않을 수 없었다.

'나… 꽤 무덤을 잘 파는구나. 몰랐어….'

사야카가 집을 나가고 어머니가 죽은 뒤, 무언가가 조금씩 변하기 시작한 것이리라.

하지만 눈에는 보이지 않았던 구멍이 생각지도 못한 형태로 드러났을 때, 거기에서 무엇이 튀어나올지…. 이때 나오토는 조금도 예상치 못했다.

사랑의 패러독스

집에서 나오토가 다니는 쇼난 고등학교까지는 자전거로 약 40분.

0교시는 오전 7시 30분부터 시작되기에 나오토는 늘 여유롭게 6시 반에는 집을 나선다.

"무리해서 자전거로 다닐 필요 없어."

나오토가 학교까지 자전거로 통학한다는 것을 안 마사키가 그렇게 말했지만 나오토는 별로 고생스럽지 않았다.

하지만 아무 생각 없이,

"괜찮아. 차비가 아까우니까."

나오토가 말하자 마사키는 흔치 않게 발끈하여 얼굴을 찌푸리고 "그럼 맘대로 해"라더니 완전히 기분이 상해 버렸다.

자신이 표현을 잘못했다고 통감하는 순간이다. 평소의 소통 부족이 악영향을 끼치고 있다는 증거이기도 하리라.

아껴 쓰는 생활이 완전히 몸에 익어서 차비조차 아깝다.

확실히 그 말도 사실이지만 아침 러시아워를 피할 수 없는 전철로 통학하고 싶지 않았다.

손발을 움직이기조차 여의치 않은 만원 전철….

상상만 해도 무거운 한숨이 나온다.

어쨌든 집에서 역까지, 역에서 학교까지는 걸어가야만 한다. 그걸 생각하면 시간은 좀 걸리지만 집에서 직접 학교로 갈 수 있는 자전거가 편하다고 생각했다.

하지만 말 붙여 볼 여지도 없이 차가워진 마사키의 표정에, 나오토는 새삼스럽게 변명을 꺼낼 생각도 하지 못하고 결국 입을 다물어 버렸다.

무엇이든 해보지 않으면 알 수 없는 법이다. 역시 비가 내리는 날에는 학교 지정 레인코트로 완전무장하면 후덥지근하고 갑갑했고, 한겨울의 찬바람은 뼛속에 스몄다.

그래도 전철 출발시간에 얽매이지 않아도 되고, 무거운 가방을 들고 걸어 다니거나 아침부터 귀에 거슬리는 남의 잡담을 듣지 않아도 된다.

나오토는 그게 훨씬 낫다고 생각했다. 2학년이 되어도 자전거로 통학하기를 그만두고 싶지 않을 정도로.

누구를 위해서도 아닌, 스스로의 우선순위. 깊이 생각해 보면 결국 그런 것일 뿐이다.

그래서 덥든 춥든, 주위에서 어떻게 보든, 별일 아니었다.

단 하나, 마사키가 오해해 버렸다는 점을 빼면….

오전 8시 20분.

평소처럼 0교시 종료 종이 울린다.

그와 동시에 어느 반이라고 할 것 없이 단번에 교실이 시끄러워졌다.

개중에는 종이 울리자마자 가방 속에서 빵을 꺼내 허겁지겁 먹는 사람도 있다. 아마도 아슬아슬한 시간까지 이불 속에 있다가 아침밥을 거른 거겠지만, 특별히 신기할 것도 없는 그 광경을 보고 새삼스럽게 놀리는 사람은 없었다.

'봄잠은 새벽 오는 줄 모른다'라고 말하기에는 약간 시기가 지나 버렸지만, 그래도 1분 1초를 아쉬워하며 늦잠을 자고 싶은 것은 언제든 마찬가지일지도 모른다.

그때,

"저기. 3반 소우마… 알아?"

옆자리의 하가가 돌아보며 사이키에게 말을 걸었다.

"아는데… 왜?"

"그 녀석, 결국 뻗어 버렸대."

"어…? 아… 뭐야, 역시 그런 거야?"

"그래. 요즘 0교시 계속 땡땡이치다가 선생님한테 호출 당했다던데."

그러자 나오토의 뒤에서,

"그 녀석, 아사쿠라 시에 있는 이케가미에서 다니고 있지? 역시 통학에 1시간이 걸리는 건 좀 심하지 않아?"

렌죠가 끼어들었다.

"그러게. 늘 타는 전철을 딱 한 번만 놓쳐도 지각이잖아? 그전에 일어나서 밥을 먹고… 생각해 보면 1년간 참 용케도 다녔다 싶어."

"나는 1학년 때 같은 반이었는데, 그 녀석 0교시 시작되면 죽을 것 같다고 했어."

통학에 1시간. 아사쿠라 시가 학군 지역의 북쪽 끝에 있는 것을 생각하면 그럴 수도 있긴 하다.

공립 고등학교의 학군 구분은 학력의 균일화를 목적으로 만들어졌지만, 그중에도 쇼난 고등학교는 공립 고등학교 중 최고를 자랑하는 입시 학교다. 실적을 겸비한 유명세 때문에, 요즘은 앞일을 생각하여 중학교 때부터 제3학구로 전입해 오는 사람도 드물지 않다.

수준을 낮추어 근처 공립 고등학교에 다닐지, 아니면 약간 힘든 걸 각오하고 노력해 볼지.

부모의 허영도 약간은 영향을 미칠지 모르지만, 결국은 본인의 뜻에 달려 있다.

그리고 소우마는 리스크를 알면서도 쇼난 고등학교를 선택했다. 당연히 그럴 만한 가치가 있었던 것이리라.

나오토의 입장에서도 마찬가지였다.

"위를 노려 도전하는 건 좋지만, 통학 시간 같은 것도 잘 생각해 봐. 고등학생이 되면 어느 학교든 나름대로 과외수업을 할 텐데, 모처럼 합격해도 통학에 시간이 너무 많이 걸려서 지쳐버리면 소용이 없으니까."

당시에 사야카가 고등학교 입시에서 지망학교를 선택할 때 마사키가 한 말이다.

유감스럽게도 나오토가 진로를 결정할 때 마사키는 아무 말도 하지 않았지만. 어찌 되었든 그건 마사키 자신의 고등학교 생활을 돌이켜 생각해 본 뒤 나온 진지한 충고였을 것이다.

마사키는 검도라는 확고한 목표가 있어 소우부 고등학교에 진학했다. 아침에 아무리 일찍 일어나야 하든, 밤에 아무리 늦게 들어오게 되든, 그런 것은 고통스럽지 않았던 모양이었다. 그래도 이상과 현실의 차이에 지쳐 나자빠지는 사람은 매년 반드시 있다.

쇼난 고등학교에서도 마찬가지였다.

중학교까지는 늘 '톱'을 자랑했다 해도, 그 중학교 수준의 '최고'였던 것뿐이다. 시험이라는 체를 통해 걸러진 뒤 막상 경쟁을 해보니, 자기 실력이 생각 이상으로 하위 레벨이었다는 것도 드문 일이 아니다.

그것을 진지하게 받아들이고 노력할지.

혹은 충격을 받아 무너질지….

그건 본인 마음의 문제라, 남이 이러쿵저러쿵 말해 봤자 소용이 없다.

나오토는 그렇게 생각했다.

통학 시간도 마찬가지다. 1년간 노력하며 다녔다고 다음 1년을 무사히 넘길 수 있다는 보장은 어디에도 없다.

자기 나름대로 동기부여를 하는 것도 중요하지만, 적당히 숨을 돌리는 것도 꼭 필요하다.

마음이 무너져 버리면 그걸로 끝이다.

그래서,

"그러고 보니 시노미야도 꽤 멀었지. 치즈카… 였던가?"

갑자기 이야기가 넘어왔을 때에도 별로 놀라지 않았다. 나오토가 40분 거리를 자전거로 다니고 있다는 것은 꽤 잘 알려져 있었기 때문이다.

"응, 그런데?"

"아침… 몇 시에 일어나?"

"5시."

그러자 움찔하고 렌죠의 입술이 경련했다.

"헉… 진짜? 난 그때면 아직 이불 속인데."

그 옆에서 사이키는 고개를 마구 끄덕이고 있다.

"하지만 시노미야는 1학년 때부터 계속 개근상이잖아. 역시 굉장해."

"별로 굉장하지 않아. 익숙해진 거지…."

익숙해지면 별것 아니다. 정말로.

'그것밖에 없었으니까.'

"시노미야는 말한 대로 해내는 게 일상이니 그런 말을 쉽게 내뱉는 거야."

"보통은 따라하려고 해도 못할걸."

"그래그래. 아무리 노력해도 역시 나름대로 밑바탕이 없으면 안 되잖아?"

그렇다고 이런 반응을 보이면 나오토는 쓴웃음을 지을 수밖에 없었다.

솔직히 말하자면, 나오토가 쇼난 고등학교에 진학한 것은 잘

하는 게 공부밖에 없었기 때문이다.

마사키처럼 스포츠에 우수하지도 않고, 그렇다고 유우타처럼 주위를 무시하고 학교를 그만둬 버릴 근성도 없었다.

게다가 사야카처럼 '외국어 실력을 쌓아서 장래에 글로벌한 시야의 국제인이 되고 싶다. 고등학교는 그걸 실현하기 위한 첫 걸음'이란 식으로, 장래에 대한 명확한 비전이 있었던 것도 아니다.

그저… 공부하는 게 싫지 않았던 것뿐.

사야카가 합격하지 못한 쇼난에 원서를 낸 건 사야카를 대신해서 복수하려던 것이 아니었을 뿐더러, 시노미야 일가를 버리고 나간 사야카에 대한 앙갚음도 아니었다.

쇼난 고등학교가 사립과 공립을 통틀어 학구 최고의 성적을 자랑하는 입시 학교였기 때문이다.

부모가 없어도.

스캔들 넘치는 가정환경이 최악이라 해도.

제대로 하면 할 수 있다는 것을 나오토는 나름대로 증명하고 싶었다.

'누구에게?'

남의 불행은 나의 행복… 이라는 세상 사람들에게.

이러쿵저러쿵, 말만 시끄럽게 하는 친척들에게.

마사키에게.

그리고 누구도 필요로 해주지 않았던 자기 자신을 위해서.

그렇게 하면 무언가가 변할지도 모른다고, 그렇게 생각했다.

자기 주위의 '무언가'가.

자신 '안'의 무언가가.

나오토는 그저 제대로 된 목표를 가지고 무언가를 이루고 싶었다.

자기 나름대로 무언가 하나라도 이루면, 더 자신감을 가질 수 있을 것 같았다. 그렇게 하면 누군가가, 아니, 마사키가 또 이쪽을 보아 주지 않을까라고.

어머니가 죽은 뒤 마사키는 완전히 변해 버렸다.

나오토를 보는 눈조차 어딘지 차갑고, 어떤 의미에서 될 대로 되라는 태도였다. 마치 자기 안의 일부분을 억지로 잘라내 버린 것 같았다.

그런 마사키를 보기가 괴롭고, 혼자만 남겨지는 것이… 무엇보다 두려웠다.

그래서 중학교 2학년 때 냉큼 고등학교를 쇼난으로 결정하고 노력하기로 했다. 들어가기 어렵다는 쇼난 고등학교에 합격해서 "많이 노력했구나"라고 마사키에게 칭찬받고 싶었다.

하지만.

그날.

그건 모두… 혼자만의 '꿈'에 지나지 않았다는 사실을 나오토는 알아 버렸다. 마사키는 어머니와의 추억으로 이어지는 모든 것과 결별하고 싶은 것이라고.

나오토나 유우타의 존재는 마사키에게 그저 무거운 짐에 지나지 않게 되어 버렸다는 사실을 깨닫는 아픔과, 마음 일부가 갑자기 마비된 듯한 상실감.

아버지가 가족을 버리고 집을 나가고.

정신이 이상해진 어머니가 죽고.

그리고 이번에는 마사키도 자신을 두고 가버릴 거라고 생각하면 나오토는 아무 말도 할 수 없었다.

마사키의 차가운 시선에 노출되는 것이 두렵고… 괴로워서, 아무것도 물어볼 수가 없다.

본래 학교 성적은 좋았지만, 적어도 공부할 때만큼은 쓸데없는 생각을 아무것도 하지 않아도 되었기에 엄청난 집중력을 발휘할 수 있었다. 덕분에 얄궂게도 시험 석차는 언제나 학년 수석이었다.

단지 그걸 단순히 부러워하는 녀석들과 귀찮은 라이벌 의식으로 똘똘 뭉친 녀석들만 넘쳐날 뿐, 함께 기뻐해 줄 가족은 아무도 없었지만.

아마도 마사키는 나오토가 학년 수석이든 아니든, 어느 고등학교를 지원하든 아무 흥미도 관심도 없었을 터였다.

그 증거로 그 무렵부터 여자관계가 화려하여 집을 비우는 일이 잦아진 마사키는, 나오토가 쇼난 고등학교에 합격했을 때도 "그래"라고 쌀쌀맞게 고개를 끄덕였을 뿐이었다.

하지만 나오토는 그런 걸로 새삼스럽게 상처받지는 않았다.

고등학교에 보내주는 것만으로도 충분히 고맙게 생각했다. 그래서 그 이상은 아무것도 바라면 안 된다고 생각했다.

멋대로 기대했다가, 그 기대에 어긋나면 배신당했다고 생각하는 건 그저 이기심에 지나지 않다는 것을 알아 버렸다.

고등학교에 다니는 3년간.

기한을 한정한 사람은 나오토 자신이다. 그렇다면 노력할 수밖에 없다고 생각했다.

그리고 유우타는 결국 친조부 댁에는 가지 않았다.

그렇다고 유우타가 사야카와 달리 자신들을 받아들여 준 것도 아니라는 사실을 나오토는 잘 알고 있었다. 물론 마사키도.

그래서 마사키는 눈썹 하나 꿈쩍하지 않고, "네가 좋을 대로 하면 돼. 하지만… 알고 있지? 유우타. 다음에 쓰러지면 싫든 좋든 이 집에서 내보낼 거야"라고 내뱉은 것이리라.

나오토에게는 고등학교가.

유우타에게는 식생활이.

두 남동생에게는 이 집에서 살아가기 위한 각각의 '족쇄'가 부여된 셈이다.

그래서 유우타는 일단 나오토가 만드는 음식만은 먹게 되었다. 정말로 그것뿐… 이었지만.

한 지붕 아래에 형제 세 명.

하지만 나누는 대화도 없이, 날이 저물고 해가 뜬다. 최악의 시기는 지나갔지만 그래도 살풍경한 가정환경이라는 점은 변함이 없다.

금기를 범하는 것에 대한 죄와 벌.

어머니가 죽어 버림으로써 비밀은 비밀이 아니게 되었다.

동시에 남매의 정도 엉망진창으로 끊어져 버렸다.

어머니의 죽음으로 모든 것이 끝난 것이다.

나오토는 그렇게 생각했다.

일단 끊어져 버린 가족의 유대감은 재생할 수 없다고.

하지만….

고등학교 생활의 첫걸음을 내딛은 나오토는 몰랐다.

유대감이 어째서 유대감인지, 곪고 뒤틀린 '피'가 더한 집착
을 낳는다는 사실을.

그때는, 아직, 아무것도….

토요일 밤.

유우타와 단둘이 하는 저녁 식사는 대화도 없이 평소처럼 흘
러간다.

유우타는 여전히 입이 짧았다.

마사키 정도는 아니지만 중학생이 되면 바로 나오토의 키를
넘어서 버릴 거라고들 했는데, 지금에 와선 그런 모습은 찾아볼
수 없다.

키는 아마 165센티미터도 되지 않으리라. 그만큼 위로 째진
아몬드 형태의 눈은 또렷하고 날카로워졌지만.

그래도 과거에 비하면 훨씬 나아졌다.

저녁 식사 시간에는 부르면 방에서 나와서 식탁에 앉고, 내미는 것을 불평 없이 먹는다.

그리고 무슨 심경의 변화인지 자기가 먹은 그릇은 깨끗하게 설거지하고, 저녁이 되면 빨래도 걷어서 잘 접는다.

그래도 마사키에게는 여전히 맺힌 것이 있는지, 마사키가 없을 때에만 그렇게 하고 있다.

그건 그것대로 좋다고 나오토는 생각한다. 이제 와서 초조해해도 소용이 없다.

돌아봐주기를 바라고.

인정받고 싶고.

아무것도 잃고 싶지 않고.

그런 마음만으로 그저 하염없이 노력할 수 있었던 시기는 이미 지나 버렸다.

뭔가를 기대했다가 기대에 어긋나 상처 받는 것도 지쳤다.

'자학에 빠져서 인생을 통째로 진창에 던져 버리기에는 아직 일러.'

그렇게 생각하게 된 만큼, 어떤 의미에서는 나오토도 나름대로 강해졌는지도 모른다.

어깨의 힘을 빼며 심호흡하고 긴장을 푼다.

자신은 할 수 있는 일을 하기만 하면 된다고.

그리하여 저녁 식사 뒷정리도 부랴부랴 마친 나오토는 자기 방으로 돌아가서 평소처럼 책상으로 향한다. 공부가 유일한 취미… 라고 하면 주위 사람들은 야유할 게 뻔하지만, 언젠가부터 그것도 나오토에게는 생활 리듬의 하나가 되어 버렸다.

문득 정신이 들자 시계는 오후 11시를 훌쩍 넘어 버렸다.

이제 남은 건 영어 과제 프린트뿐.

'먼저 목욕하고 올까.'

기지개를 쭉 켠 나오토는 의자에서 일어났다.

뭐든 빠르게 척척 정리해 버리는 편이지만, 목욕만은 언제나 오래 한다.

손발을 쭉 뻗고 따뜻한 물에 몸을 담그고 있으면, 오늘 받은 스트레스가 모공을 통해 모두 배출되고 몸도 마음도 조금쯤 재충전할 수 있는 것 같아서…. 스트레스 해소가 너무 쉽지 않느냐고 말할 수도 있겠지만.

방에서 나온 나오토는 계단을 올라가 문득 유우타의 방 앞에서 걸음을 멈추었다.

방에서 나갈 때에는 들리지 않았던 음악이 방문 너머로 흘러나온다.

'유우타도 잠들었나 보네.'

잘 때는 음악을 들으며 잔다. 그게 유우타의 취침 의식이라고 알아차린 것은 그 도시락 사건 이후부터였다.

요즘 유우타는 그레고리안 찬트와 댄스 음악이 뒤섞인 것 같은 '이니그마'를 좋아한다.

아무렇게나 틀어 놓은 TV 소리조차 귀에 거슬리는 잡음으로 들리는 나오토의 입장에서는 '저걸 틀어놓고 용케도 잠드네…. 너무 기운차서 오히려 정신이 들어 버리지 않을까?'라고 생각하지만, 유우타의 취미에 일일이 참견할 이유도 없다.

그리하여 자기 방문을 열고 안으로 한 걸음 들어왔다.

그러다가 나오토는 놀라서 멈춰 섰다.

아무도 없을 방 안. 침대 한구석에 가볍게 앉은 마사키의 모습이 시야에 불쑥 들어왔기 때문이다.

"…아… 어, 어서… 와…."

완전히 상기되어 쉰 목소리. 설마 모레에 돌아올 예정이 갑자기 앞당겨질 줄은 몰랐기에, 동요를 숨기지 못했다.

그러자 마사키가 입 끝만 올려 어렴풋이 웃었다.

"내 촬영은 전부 끝나서. 급히 먼저 돌아왔어."

마사키는 그렇게 가볍게 말하지만, 틀림없이 또 매니저인 이치카와에게 억지를 부렸으리라고 나오토는 생각했다.

이미 몇 번 얼굴을 마주한 적이 있는 이치카와가 언제인가 "아양을 떨라고는 하지 않겠지만, 마사키 씨가 좀 더 욕심을 내 주면 이쪽도 몹시 고마울 텐데요. 애프터 파이브도 업무의 일환이니까요"라고 볼멘소리를 하던 것을 들은 적 있었기 때문이다.

이치카와가 말하는 '애프터 파이브'가 뭘 의미하는지는 몰랐지만, 그때 나오토는 암암리에 자신들의 존재가 마사키의 족쇄라는 말을 들은 듯한 기분이 들었다.

최근 창간된 남성 패션잡지의 '얼굴'이 되고 있는 마사키는 스케줄도 그럭저럭 빼곡하게 차 있어 꽤 자주 집을 비운다.

마사키의 소속사 '오피스 하라시마'는 그쪽 업계에선 작은 사무소라, 이걸 기회로 마사키를 더 밀고 싶다고 생각하는 모양이지만. 사장의 생각대로 손바닥 위에서 놀아 줄 생각이 없는 마사키는 '사연이 있는 가정 사정'을 핑계 삼아 본업 이외의 솔깃한 제안에는 좀처럼 응하지 않는다.

그걸 '오만'으로 받아들일지 현명한 '선택'이라고 고개를 끄덕일지는 자기 마음이고, 마사키 자신은 아무런 흥미도 관심도 없었다.

"나오. 언제까지 거기 서 있을 거지?"

"어…? 아… 응."

나오토는 어색한 동작으로 조용히 문을 닫았다.

그러자 단숨에 방 안의 밀도가 높아진 듯한 기분이 들었다.

자기 혼자 있을 때에는 그다지 좁게 느껴지지 않는 방이지만, 체구가 큰 마사키가 그곳에 있는 것만으로 평소와는 다른 질량이 느껴졌다.

무색투명한 대기가 마사키가 내뿜는 분위기에 촉발되어 서서히 열기를 띤다.

착각이 아니다.

막 목욕을 하고 나온 체온이 더 상승한 듯 느껴지는 것도.

공연히 심장이 빠르게 뛰는 것도….

그것은,

"나오?"

듣기 좋은 마사키의 목소리가 재촉하듯 나오토의 이름을 부름과 동시에, 최고조에 이르렀다. 어째서인지 움찔하고 다리가 움츠러들어 움직일 수 없게 되어 버렸다.

그런 나오토의 심정을 간파하는 것 따위 일도 아니라는 듯 마사키가 천천히 일어선다.

그리고 온몸이 딱딱하게 굳어 버린 나오토를 끌어안더니, 촉촉하게 젖어 있는 흑발을 쓸며 황홀하게 웃었다.

"왜 그러지, 나오는. 내가 일찍 돌아온 게… 그렇게 마음에 안 들어?"

속삭이면서 손가락으로 나오토의 목덜미를 쓰다듬는다. 필요 이상 느릿하게, 귓가까지. 나오토가 그것에 약하다는 점을 마사키는 누구보다도 잘 알고 있었다.

아니나 다를까, 저도 모르게 몸을 뺀 나오토를 놓치지 않고 더 깊이 품에 끌어안은 마사키가 다시 속삭인다.

"아니지? 나오는 그저… 부끄러운 것뿐이지? 얼마 전에 내가 조금 만지기만 했는데 바로 가버렸으니까."

끈적끈적하고 달콤하게 나오토의 귓바퀴를 핥아 올리며, 마사키가 능숙하게 수치심을 자극한다.

"오랜만이었으니까 기분이 너무 좋아서 참을 수 없었잖아?"

목덜미를 새빨갛게 물들이며 몸을 비틀어 다시 도망치려는 몸과 마음에 배덕의 쐐기를 박아 넣는 것처럼, 나오토의 가랑이 사이를 살며시 움켜쥐고,

"나오는 여기를 만지는 것도 핥아 주는 것도… 좋아하지? 그래… 유두도. 그걸 깨물고 빨아 주면 나오의 이게… 아무것도 하지 않아도 바로 서버리잖아."

독을 머금은 음란한 숨결을 불어넣는다.

나오토는 알고 있다. 마사키는 말로 나오토를 희롱하길 좋아한다.

상냥하게, 음란한 말투로 속삭일 때는 마사키 자신의 성욕이 고조되어 있을 때다. 그런 때에 말을 잘못하면 말꼬리를 잡혀 반드시 혼쭐이 난다.

그런 생각을 하면서 나오토는 떨리는 입술을 깨물고 마사키의 팔에 손톱을 세운다.

그러자 마사키는 한쪽 뺨에 냉소를 띠고 손가락에 힘을 주었다.

"…응…!"

나오토가 상기된 신음을 흘릴 때까지.

"쓸쓸했어, 나오? 제대로 내가 한 말… 지킨 거야?"

그러자 나오토의 몸이 움찔하고 경련했다.

"움찔거리지 마. 아프게 하지 않을 테니까. 나오가 제대로 내 말을 듣는다면 말이야. 요전처럼 아프게 하지 않을게. 그건 벌이야. 나오가 너무 말귀를 못 알아듣는 소리만 하니까…."

숨을 참으며 떨고 있는 몸을 달래듯이 "나오도 아픈 것보다는 기분 좋은 쪽이 좋잖아? 그러니까 내 말 들을 거지?"라며 느릿하고 달콤하게 귓바퀴를 깨물었다.

금기를 범하는 경계선.

대체 어디서 잘못된 것일까.

무엇이 문제였던 걸까.

누구를 책망하면 좋을까.

나오토와 마사키의 시작은, 작년 여름.

배덕의 함정은 생각지도 못한 곳에 있었다.

나오토가 고등학교 1학년이던 여름방학.

그날 한밤중.

오랜만에 고등학교 동창회에 갔다가 돌아온 마사키는 흔치 않게도 상당히 취해 있었다.

그래도 2층에 있던 나오토를 번거롭게 하지 않고, 제대로 혼자 열쇠를 열고 돌아온 걸 보면 밖에서는 의외로 멀쩡했던 것 같은데, 현관으로 한 걸음 들어오자마자 긴장의 끈이 뚝 끊어져버린 모양이다. 계단에 기대듯이 웅크리고 있다.

만약 나오토가 목이 말라 방에서 나오지 않았다면 다음 날 아침까지 그대로 있지 않았을까.

그렇게 생각하면 평소에는 빈틈없는 마사키가 보인 뜻밖의

추태에,

'동창회에서 무슨 일이 있었던 것 아닐까?'

'혹시, 일 때문에 지쳤나?'

'아니면….'

그런 공연한 걱정을 하게 된다.

하지만 그것조차도 마사키에게는 쓸데없는 참견이라 생각한 나오토는 깊은 한숨을 흘리지 않을 수 없었다.

그 도시락 사건 이후에 나오토를 보는 마사키의 눈은 불쾌하고도 차갑다.

나오토가 쓸데없이 진심을 털어놔서 마사키의 역린을 건드려 버렸기 때문이라고 나오토는 생각했다.

그러니까 더 이상 형의 노여움을 사고 싶지 않아서…. 나오토는 그만 겁쟁이가 되어 버린다. 정신이 들고 보니 눈도 제대로 마주치지 못하게 되었다.

그러나 계단에서 완전히 취해 뻗어 버린 마사키를 보고, 아무리 그래도 내버려 두면 곤란하지 않을까 생각했다.

하지만 나오토에게는 자기보다 훨씬 체격이 좋은 마사키를 업고 2층 마사키의 방으로 데려갈 체력이 없을뿐더러 그럴 엄두도 나지 않는다.

'어떻게 하지?'

나오토는 한순간 망설이다가 1층 안쪽 방으로 마사키를 옮기기로 했다. 그 정도라면 마사키도 언짢아하지는 않겠지… 라고 생각하고.

"마사키, 형. 자, 정신 차려. 이런 데서 자면, 안 된, 다니까."

정신없이 취해 버린 마사키를 억지로 일으켜 세운다.

그걸 아는지 모르는지, 마사키는 '아아…'라는 둥 '응'이라는 둥 알아듣기 어려운 대답을 건성으로 반복할 뿐 좀처럼 걷지 않는다.

"무겁… 다니까! 좀, 제대로, 걸으라구!"

저쪽으로 비틀비틀.

이쪽에서 바둥바둥.

겨우 몇 미터밖에 되지 않는 거리가 정말이지 멀다.

어깨를 부축한다기보다는 거의 '온부오바케(사람을 홀려 등에 올라 탄다고 전해지는 일본 요괴의 일종)'같은 마사키를 질질 끌고 움직이는 일은 상당히, 아니 너무나도 힘들었다.

그곳은 생전에 어머니가 쓰던 방이다.

어머니가 죽은 뒤에는 아무도 쓰지 않는다.

나오토도 때때로 청소할 때나 들어갈 뿐. 옷장과 침대만 놓여 있는 방은 어딘지 살풍경하여, 그다지 오래 있고 싶지 않았다.

이 방이 모든 것의 시작이었다.

그렇게 생각하면 어머니가 죽어 버린 뒤에도, 역시 아무리 노력해도 과거의 응어리는 사라지지 않을 것이다.

그래도 일을 마치고 돌아오는 시간이 불규칙한 마사키는 한밤중에 오는 생활이 반복되면 지친 몸을 끌고 2층까지 올라가기가 귀찮은지, 샤워를 하고 그대로 이 방에서 잘 때도 있었다.

나오토만큼 위화감을 느끼지는 않는 것일까.

혹은 그 반대인 걸까.

나오토는 마사키의 속마음을 알 방법이 없지만.

일단 침대에 마사키를 눕히고 옷을 벗긴다.

그대로 여름 이불만 덮어 줘도 괜찮았겠지만. 나오토는 얼마인지 짐작도 가지 않지만 아무렇지도 않게 갖춰 입고 있는 마사키의 옷이 상당히 비싼 명품이라는 것을 알기에, 구겨지면 곤란할 거라고 생각했다.

"마사키 형. 손 치워."

그리하여 재킷과 바지도 벗기고 나니 힘이 들어서 땀까지 배어 나왔다.

그리고.

그때.

마사키는 어렴풋이 눈을 뜨고 나오토를 보았다.

…그렇게 느낀 것도 한순간일 뿐. 미묘하게 초점이 엇나간 두 눈은 현실의 나오토가 아니라 뭔가 다른 것을 보는 것처럼 보이기도 했다.

금갈색 눈이 취기에 흐려져 촉촉하게 젖어 있다.

평소와는 전혀 다른 그 분위기에 저도 모르게 넋을 잃고 보고 있자, 갑자기 마사키가 뭔가… 중얼거렸다.

하지만 너무나도 낮게 잠긴 목소리라 뭐라고 하는 건지… 잘 들리지 않았다.

그래서 그저 별생각 없이,

"응…? 뭐?"

얼굴을 들이대고 들으려고 한 그 순간.

생각지도 못한 힘으로 몸이 끌어당겨져 갑자기 키스당했다.

'......!'

엄청난 사태에 멍해진 나오토는 머릿속이 새하얘졌다.

뭐가 뭔지 모르겠다는 것은 그야말로 이런 걸 말한다.

그래도 끈적끈적하고 농후한 키스가 생각보다 더 생생해서….

다행인지 불행인지 그 리얼한 감촉이 멈춰 있던 나오토의 사고회로를 힘껏 걷어차 주었다.

'난… 뭘… 하는 거지….'

화들짝 놀라 정신을 차린 순간.

'키스…? 마… 쨩이랑?'

그러자 심장이 두 배로 빠르게 뛰고, 얼굴은 고사하고 몸 안쪽까지 타오르는 것 같은 기분이 들었다.

푹 안긴 팔의 체온.

겹친 입술의 열기.

취한 마사키가 자신을 누군가와 착각하고 있는 게 확실했다. 그래서 나오토는 마사키의 품속에서 빠져나가려고 새삼스럽게 저항했다.

가슴을 밀치고.

몸을 비틀고.

얼굴을 피하고….

하지만 그렇게 저항하면 저항할수록, 어째서인지 마사키는 품속에서 놓치지 않으려는 것처럼 힘을 주었다.

그것을 온몸으로 느낀 나오토는 어쩐지… 갑자기 울고 싶어졌다.

정열적인, 키스.

누구와 착각한 건지는 모르지만 마사키에게 그 여자는 틀림없이 특별한 '누군가'일 것이다.

그렇게 생각하면 어째서인지 밀치는 손이나 힘을 주어 버티는 다리에 공연히 더 힘이 들어갔다.

그런데 정신이 들고 보니 어느 틈엔가 마사키의 몸 아래에 완전히 깔려 있었다.

그러고 나서야 나오토는 얼굴이 굳는 걸 느꼈다.

굉장한 블랙조크라고 생각했다.

웃어 버리려고 해도 얼굴이 굳어서 웃을 수가 없다.

뿐만 아니라 쾅쾅 관자놀이를 두드리는 고동을 자극하듯이,

'안 돼.'

'위험해.'

'최악이야.'

머릿속에서 미친 듯 그런 말들이 난반사했다.

그러는 동안에도 키스는 점점 더 깊어진다.

치열을 가르고 휘감겨 오는 마사키의 혀. 그 감촉이 너무나도 생생하고, 각도를 바꾸어 몇 번이고 깊이 빨아들이는 입술이 뜨거워서 나오토는 아까와 또 다른 의미로 팔다리가 굳어 버렸다.

별로 자랑거리는 아니지만, 지금까지 나오토는 여자아이와 데이트를 해본 적이 없을뿐더러 키스도 해본 적 없다. 그런데

갑자기 친형에게 농후한 딥키스 세례를 받자 몸 전체의 피가 끓어오르는 것 같아서.

움직이지 않는 것이 아니라, 움직일 수가 없다.

마사키에게 끌어안긴 몸은 꿈쩍도 할 수가 없다.

그런 곤혹스러움은 뜨겁게 흥분한 마사키의 것이, 밀착한 아랫도리에 와 닿는 게 느껴지자 공포로 변했다.

'…설… 마….'

저도 모르게 숨을 삼키고.

다음 순간, 아랫도리째로 잠옷 바지까지 주룩 내려졌을 때,

'——!'

여전히 뒤엉켜 있던 혀뿌리까지 얼어붙었다.

나오토도 건강한 남자 고등학생이다. 섹스를 한 경험은 없어도 남만큼은 흥미나 관심이 있고 지식도 그럭저럭 있다.

하지만 그건 어디까지나 남녀 사이의 성애이지, 남자끼리의 그것은 생각의 범주 밖에 있다. 생각해 본 적도 없다.

하물며 피가 이어진 형을 상대로 실제로 체험하고 싶다는 생각은… 조금도 없다.

피가 이어진 형….

그때 갑자기 기억의 '눈'을 느닷없이 비틀어 여는 것처럼, 마사키와 어머니의 일이 머릿속을 찔렀다.

그러자 나오토의 몸이 부들부들 떨리기 시작했다.

'…마, 쨩… 안… 돼…. 마 쨩… 마 쨩!!!'

하지만 나오토의 소리 없는 외침도 소용없이, 한쪽 다리를 잡

혀 크게 벌려지자 몸이 경련한다. 스스로 직접 만져 본 적이 한 번도 없는 가장 깊은 안쪽을 둥글리며 만지작거리는 손가락에 몸도 마음도 자지러졌다.

처음에 느낀 것은 솜털 끝까지 곤두서는 '소리'였다.

얼굴에서 핏기가 빠지는 소리.

그리고 타오르는 듯한 '아픔'과, 그것을 능가하는 '뜨거운 덩어리'가 인정사정없이 나오토의 안으로 파고들어 왔다.

더 이상은 불가능할 정도로 크게 뜨인 나오토의 두 눈이 소리 없이 절규한다.

'찢어질 것 같아!'라고 생각했다.

찌익, 하고 피부가 찢어지고.

삐걱삐걱 뼈가 소리를 낸다.

'죽어 버릴 것 같아!'라고 느꼈다.

두려워서 목과 몸이 경련하고 눈 밑이 새빨갛게 타올랐다.

아파….

…뜨거워.

아파!

뜨거워!

거기에 타오르는 인두를 집어넣은 듯한 기분이 들어서, 한순간 정신이 아득해진다.

하지만 그것은 곧 몸을 둘로 쪼개놓을 것 같은 격렬한 통증이 되어 흐려져 가던 의식을 사정없이 휘어잡는다.

내장을 끄집어내는 듯한 구역질과 오한.

차라리 죽어 버리면 편해질 수 있을 것 같은 지옥이 끝나지 않는다.

악문 이뿌리 틈으로 소리가 되지 않는 비명이 끊임없이 새어 나왔다.

무자비하게 꿰뚫리기만 하는 공포.

뇌가 짓눌려 버릴 듯한 격렬한 통증에 몸이 뒤흔들리고.

타오르는 소용돌이가 시야를 깨트리고.

그 순간 나오토의 정신은 갑자기 블랙아웃 했다.

시작은 최악의 강간이었다.

술에 취한 끝에 저지른 돌이킬 수 없는 과오.

하지만.

금기를 범한 뒤의 진정한 지옥은 그 후에 왔다.

한여름의 과오는 하룻밤의 끔찍한 행위로는 끝나지 않았던 것이다.

설령 가벼운 '농담'이라 해도.

그저 '착각'이라 해도.

죄 없는 '실수'라 해도.

한 번이라도 그 '선'을 넘어서 버리면 그 후에는 뭘 하든 마찬가지라는 것처럼, 마사키가 나오토와의 섹스에 집착하기 시작했기 때문이다.

어머니와의 정사로 이미 인간으로서의 금기를 범해 버린 마사키에게, 나오토에게 욕정을 느끼는 일은 아무 금기도 아니었는지 모른다.

혹은 뒤틀려버린 피의 '유대감'에 새로운 집착을 느낌으로써, 삶의 양분을 찾아낸 것일까.

어머니가 죽어 버린 뒤 무엇에도, 누구에게도 집착하지 않던 차갑고 아름답기만 한 유리알이 되어 버렸던 마사키의 두 눈에 흉포할 정도의 '안력'과 '색향'이 돌아왔다. 정말이지, 훌륭할 정도로.

그와는 반대로 나오토의 얼굴은 창백하게… 떨었다.

마사키가 두려웠다.

자신과는 모든 것이 완전히 다른 형이 두렵다.

지극히 평범한 섹스의 쾌감조차 모르는데, 갑자기 압도적인 '수컷'의 흥기로 몸 깊은 곳까지 꿰뚫리며 세계가 완전히 뒤바뀌었다.

과거에는 그 넓은 가슴에 안기면 만족스럽고 안심이 되었다.

그래서 그걸 잃어버렸을 때는 슬프고 괴로워서 눈물이 났다.

하지만 지금은 시야 끝에 마사키가 들어오기만 해도 발이 움츠러든다.

목소리를 들으면 도망치고 싶어진다.

마사키가 등 뒤에 서면 죽을 만큼 두려웠다.

근친상간과 남자끼리라는 이중의 금기가 무섭고, 어떻게 하면 좋을지… 모르겠다.

그런데 마사키는 말한다.

"어머니는 나와 그 사람을 착각해서 매달렸지만…. 끝까지 나는 그 사람의 대용품에 지나지 않았지만, 나는… 착각하지 않아."

온몸이 굳어 버린 나오토의 머리를 끌어안고, 상냥하게 머리카락을 쓰다듬으며 더욱 달콤하게 속삭인다.

"나오와 하는 게 제일 기분 좋아. 나오랑 하고 싶어. 나오의 안에서 가고 싶어. 이제 절대로 그때처럼 아프게 하지 않아. 약속할게. 그러니까… 나오 안에 넣고 싶어."

나아가 아무렇지도 않은 듯, 듬뿍 독을 품은 말투로 마지막 결정타를 날린다.

"그래도 네가 절대로 싫다면…. 그래, 네 대신에 유우타를 먹어 버릴까. 하지만 그 녀석은 나를 싫어하니까 나오랑 할 때처럼 상냥하게는 못 하겠지, 아마. 아니, 틀림없이 그때의 나오처럼 피를 잔뜩 흘릴지도 몰라."

그리하여.

"어떻게 할래, 나오? 그래도… 괜찮아?"

창백한 얼굴로 힘겹게 고개를 가로저었을 때, 나오토는 영원히 도망칠 곳을 잃어버렸다.

누구에게도 말할 수 없다.

누구에게도 알리고 싶지 않다.

거부해도 끝까지 거부하지 못하고, 붙잡힌다.

마사키의 품속에.

달콤한 독을 품은 마사키의 속삭임에.

도망치려 해도, 어디에도 도망칠 곳은 없다.

그리하여 결국.

음란한 배덕의 바다에서 익사해 버릴 것이라고, 나오토는 생각했다.

"…응… 아… 아…."

마사키의 무릎 위. 결코 우락부락하지는 않은, 그렇기는커녕 피아노 건반을 우아하게 두드리는 나긋나긋한 손가락으로 두 개의 주머니를 한껏 비벼대자 나오토는 상기된 숨결을 흘린다.

평소보다 훨씬 빨리 숨이 차오르는 것은 마사키와 피부를 맞대는 일이 오랜만이기 때문이리라.

혹은 '해서는 안 된다'고 마사키가 당부했던 자위를 해버린 게 찔려서, 그만 심장이 빨리 뛰어 버리는 것일까.

아래만 벗겨져 등 뒤에서 끌어안긴 채, 마사키의 무릎에 가랑이를 벌리고 앉자 드러난 나오토의 치부는 아무것도 숨길 수가 없다.

쾌감에 한껏 젖혀진 자신의 분신도.

끈적끈적한 애액이 배어 나오는 구멍도.

그걸 쓰다듬는 마사키의 음란한 손가락도.

하지만 부끄러움보다 금기가 강하다.

언제까지고 그 위화감이 사라지지 않는다.

마사키의 '수컷'이 몸 가장 깊은 곳을 둘로 찢고 들어온 고등학교 1학년 여름까지, 나오토는 자신이 성욕에 담백한 편이라고 생각했다.

나름대로는 지식도 관심도 있었지만 반 친구들이 억지로 주는 누드잡지를 보아도 별로 흥분하지 않았고, 수박 겉핥기식의 지식만 풍부한 음담패설에도 흥미는 없었다.

어쩌면 마사키와 어머니의 관계를 알아버림으로써 반쯤 무의식중에 잠금장치가 걸렸는지도 모른다.

하지만 마사키에게 안기게 된 뒤로는, 자신의 몸이 자기 의지와는 관계없이 점점 앞서가게 되어 버렸다. 그것은 어떤 의미에서 나오토에게는 공포 이외의 무엇도 아니었다.

그래서 마사키의 손이 그곳을 드러내고 희롱할 때면 늘 긴장한다.

어떤 논리를 들이대도 몸은 솔직하다. 고조된 쾌감은 거짓말을 하지 않는다.

쾌감은 쾌감 이외의 무엇도 아니다.

그저 마사키가—친형이 그것을 매만지거나, 혹은 입으로 빨아 사정시키고 있다는 것에 대한 거부감이 사라지지 않을 뿐.

손가락과 혀로 부드럽게 녹아내릴 때까지 애무하고, 풀린 뒷구멍을 마사키의 뜨거운 흉기가 꿰뚫으면, 그런 거부감은 더 선명해졌다.

죄의 색이 어떤 색인지는 모르지만 나오토에게는 그게 피의 색으로 보인다.

아무리 녹아내려도, 그곳을 찢고 마사키가 자신 안에 들어올 때에는 아프고 괴로워서…. 지금도 눈 뒤에 붉은색이 퍼진다. 그래서일지도 모른다.

"하… 응… 아… 아응…."

마사키의 손가락이 잘록한 곳을 덧그리듯이 위아래로 움직이자 나오토의 사정감은 단숨에 고조된다. 억누르려 해도 악문 치열 틈새로 신음이 흘러나왔다.

옆방에 유우타가 있다고 생각하면 아무래도 겁이 난다.

그 때문인지 평소보다 쾌감이 둔하다.

조금만… 더.

조금만 더 자극해 줬으면 좋겠다. 그러면 끝낼 수 있는데….

마사키는 오늘 밤은 넣지 않겠다고 약속해 주었다.

마사키는 때때로 굉장히 짓궂어서 나오토를 울고 싶어지게 만들지만, 거짓말은 하지 않는다.

그래서 빨리 끝내 버리고 싶었다.

그런데 그런 나오토의 마음을 놀리듯이, 또 마사키의 손가락이 빗나간다.

흥분시켰다가, 애를 태웠다가… 다시 흥분시킨다.

그때마다 쾌감은 숯불처럼 나오토의 허리를 태웠다.

그 반복이 너무 애가 타서 나오토는 입술을 깨물었다.

"…제… 해줘…."

거의 들을 수 없을 정도의 작은 목소리로 나오토가 애원한다.

나오토가 무엇을 원하는지… 모를 리가 없는데. 마사키는 그저 아무 말 없이 손을 움직여 더 강하게 애무한다.

"…마… 사키… 혀… 엉. 이제… 가게… 해줘…."

"이제 못 참겠어?"

나오토가 끄덕끄덕 고개를 주억거리자 마사키는 끈적끈적하게 배어 나온 선액을 손가락으로 쓰다듬으며 "아니잖아, 나오. 참을 수 없는 게 아니라 나오는 빨리 가버리고 싶은 것뿐이잖아?" 하고 정곡을 찌른다.

"옆방에서 자는 유우타가 그렇게 신경 쓰여?"

나오토는 빨리 끝내고 싶어 필사적으로 고개를 가로젓는다.

"그럼 왜 못 가는 거지? 전에는 나오의 이걸 조금 만져 주기만 해도 바로 가버렸는데. 그때에는 가득 쌓여 있었는데 오늘은… 아니야?"

마사키가 그리 말하자 나오토는 저도 모르게 움찔한다.

거기다 귓바퀴를 가볍게 깨물며 "혼자 했지? 나오"라고 속삭이자, 나오토는 어쩔 줄을 모르고 완전히 굳어 버렸다.

"나에게 들키지 않을 거라고 생각했어?"

단숨에 시들어 버린 나오토의 두 개의 방울을 끄집어내려는 것처럼 주머니를 부드럽게 매만진다.

"약속을 깼으니 역시 벌을 줘야겠지."

전에는 마사키와의 섹스를 그만하고 싶다고 말했다가 호되게 시달렸다. 오늘도 그렇게 될까… 생각하면 허벅지가 떨렸다.

그러자 마사키는 "아픈 것과 기분 좋은 것, 어느 쪽이 좋아?" 물었다.

나오토는 그곳을 주무르는 얼얼한 아픔을 견디며 기어들어가는 목소리로 대답했다.

"기분… 좋은 게… 좋, 아…."

"그럼 내가 '괜찮다'고 할 때까지 절대로 가지 마. 나오, 참을 수 있지?"

마사키는 속삭이면서 손가락 끝으로 축 늘어진 나오토의 것을 튕긴다.

"잘 참으면 나중에 나오가 좋아하는 곳을 듬뿍 핥아 줄게. 하지만 멋대로 가버리면, 이대로 나오의 여기에 넣을 거야."

손가락으로 가장 안쪽 봉오리를 느릿하게 만지작거리자 나오토의 입술이 경련했다.

천천히 나오토를 부둥켜안은 마사키는 입술 끝을 살짝 치켜 올린다.

무릎을 잡아 더 크게 다리를 벌리자 나오토의 몸이 갑자기 움 찔 굳어 버린다.

그런 나오토를 달래듯 머리카락에 한 번 키스한 뒤, 다음에는 나오토의 쾌감만을 이끌어내기 위해 애무하기 시작했다.

사정감이 고조되어 도저히 참을 수 없게 된 나오토의 허리가 자연스럽게 흔들린다. 마사키의 손에 비벼지는 그것은 심이 들 어간 양 단단하게 젖혀지고, 핑크색으로 벌어진 구멍이 더 깊이 열린다.

성급하게 흘러나온 애액도 주룩 흘러 진득하게 끈적거린다.

나오토가 싫어하는 것을 알면서도 마사키가 등 뒤에서 껴안 는 이 체위를 강요하는 이유는, 무방비하게 드러난 그곳이 누구 의 것인지 나오토에게 보여 주기 위해서다.

자위를 금지하고 꿀을 듬뿍 품은 과일을 딸 수 있는 것은 마 사키 한 명뿐이라는 점을 가르쳐 주기 위해서다.

나오토의 것을 입으로 사랑해 주면, 더 손쉽고 간단하게 나오 토가 함락되리라는 사실을 잘 알고 있었다.

하지만 그래서야 의미가 없다.

안이한 쾌감으로 도망치게 해서는 안 된다.

더 깊이, 몸속 더 깊은 곳까지 새겨 버리고 싶다.

나오토의 몸과 마음에 몇 번이고.

몇 번이고….

황홀한 쾌감을 줄 수 있는 사람은 자신뿐이라고, 나오토의 몸과 마음에 새겨 넣어 버리고 싶었다.

그렇게 하지 않으면, 이중의 도덕관념에 얽매여 나오토가 자신에게서 도망칠 게 뻔히 보였기 때문이다.

나오토를 욕정의 배출구로 삼고 싶은 것이 아니다.

피가 이어진 형이 아니라, 나오토의 유일한 '남자'가 되고 싶은 것이다.

친어머니와의 정사로 인해 정상적인 섹스에 대한 자신의 관념이 무너져 버렸음을 마사키는 안다.

정신적으로 완전히 무너져 버린 어머니가 자신을 아버지로 착각하여 매달렸을 때, 마사키는 어머니가 너무나도 불쌍해서 그 손을 뿌리치지 못했다.

금기를 범하는 데에 대한 두려움은 없었다. 혐오도, 꺼림칙한 마음도…. 그 선을 넘어 버리면 어떤 변명도 통하지 않는다는 것조차도.

그리고 요구받는 대로 어머니와 계속 유아무야 정사를 가지게 되어 버렸다.

그런 어머니가 갑자기 죽고 무언가가, 뚝 하고 끊어졌다.

그 이후로 아무리 '좋은 여자'를 안아도 굶주림이 채워지지 않는다. 여자의 부드러운 감촉에 몸은 제대로 반응하는데 마음만이 지독히 추웠다.

하지만 그렇다고 해도 상관없다고, 마사키는 생각했다. 누구를 안아도 바작바작 타는 굶주림이 채워지지 않는다면, 성욕의 배출구로써의 섹스를 하면 된다고.

그래서 오는 사람은 거절하지 않았고 떠나는 사람도 잡지 않았다.

결국 어머니와의 육체관계로 마사키에게 깊은 트라우마가 생겨 버린 것이다.

누구에게도 집착할 수 없기에 섹스는 언제나 찰나적이었다. 기분 좋다는 감각조차 마비되어 버렸다.

그런데 어느 날 탱크탑에 짧은 반바지 차림으로 아무렇게나 손발을 내던진 채 소파에서 푹 잠들어 있는 나오토에게 자신이 발정한 것을 알아차린 마사키는 어이가 없었다.

최악의 가정환경 때문에 집안일을 한 손에 도맡아 고군분투하는 동생은, 그렇게 잠에 빠져 있으니 나이보다 훨씬 어려 보였다.

체모가 별로 없는 결 곱고 하얀 피부.

매끄러운 겨드랑이에는 솜털 하나 없다.

아름답게 도드라진 쇄골의 팬 곳.

탱크탑 겨드랑이 사이로 엿보이는 엷은 색 유두.

짧은 바지에서 뻗어 나온 다리는 호리호리하고 낭창낭창하다.

그 사이에 달린 것은… 아마 첫 경험은 고사하고 아직 포피도다 벗겨지지 않았을지 모른다.

그 생각을 하다가 까닭 없이 꿀꺽 침을 삼킨다.

그리고 문득 정신을 차린 뒤 부끄러워졌다. 자신의 추악함이.

아니. 그 무엇보다도, 다섯 살 아래의 남동생에게 진심으로 욕정을 느끼는 자신이 무서웠다.

그래서 도망쳤다.

나오토의 앞에서. 시노미야 집안에서….

어린 시절부터 자신을 잘 따르던 나오토가 귀여웠다.

강압적으로 어머니와의 정사의 공범으로 만들어 버린 죄책감에 가슴이 욱신거렸지만 사랑스러웠다.

그래서 일그러진 욕정으로 더럽히게 될까 봐 무엇보다도 두려웠다.

그래서 한 번은 포기했다.

쌀쌀맞은 척하고 딴청을 피우고.

차가운 말을 던져서 상처를 주고.

더럽혀진 이 품속에 가둬 버리지 않도록, 등을 돌렸다.

하지만….

그 여름밤.

꿈인지 현실인지 구별도 제대로 하지 못한 채, 시야에서 나오토의 얼굴을 발견했을 때. 이성은 몹시도 간단히 부서지고, 취해서 헐거워진 자제심도 단숨에 날아가 버렸다.

다음 날 아침. 제정신으로 돌아온 마사키는 나오토의 참혹한 꼴에 온몸에서 핏기가 가시는 것 같았다.

하지만 그때 회한과 참회의 심정으로 시커멓게 문드러진 마음을 주체하지 못하는 마사키를 부추기듯이, 악마가 귓가에서 속삭였다.

'한 번이라도 금기를 깨버리면, 그다음에는 뭘 하든 마찬가지잖아? 나오토를 원하지 않아? 순진한 동생을 꼬드겨서 자기 것으로 만들, 더할 나위 없는 기회야.'

하룻밤의 과오라 해도.

취한 끝에 저지른 끔직한 짓이라 해도.

먼저 몸의 유대감이 생겼다면, 놓치고 싶지 않았다.

여기서 물러나 버리면 아마도… 나오토는 자신에게서 도망칠 것이다. 그건 막연한 예감이 아니라 확신이었다.

자신을 '짐승'이라고 자조하는 것의, 음탕한 쾌감.

남동생의 피부를 깨물고.

그 피를 빨고.

뜨겁게 흥분한 것을 가장 깊숙한 곳까지 박아 넣는―어두운 기쁨.

놓치지 않을 것이다.

놓아주지 않을 것이다.

이제야 손에 넣은 보물이다.

이제, 놓지 않겠다.

놓아주지 않겠다.

그러니까 이 몸 구석구석에 자신을 새겨 버리고 싶다.

흉악할 정도의 이기심이라는 것을 알아도, 마사키는 이제 두 번 다시 나오토의 손을 놓을 생각이 없었다.

마사키의 무릎 위에서 나오토가 신음한다.

"…으응… 하… 아아아…."

셔츠 아래에서 손을 미끄러트려 솟아오른 유두를 매만지자,

"…싫, 어…."

엉덩이를 마사키의 허벅지에 비비면서 울었다.

멋대로 가면 '앉은 자세에서 뒤에 마사키의 흉기를 쑤셔 넣는 다'는 협박이 어지간히 잘 먹혔는지. 가고 싶은 것을 필사적으로 참는 나오토가 애처롭고 귀여워서… 참을 수가 없었다.

단단하게 일어선 것의 끄트머리에 있는 구멍은 이미 핑크색으로 벌어져 액체를 뚝뚝 흘리고 있다.

"마… 사, 혀엉… 이제… 게, 해줘…."

입술을 떨면서 나오토가 흐느낀다.

가볍게 숨을 불어주기만 해도 당장이라도 가 버릴 것이다. 그게 아까워서 마사키는 나오토가 흘려 버리지 않도록 뿌리 끝을 꽉 조였다.

그러자 그 순간, 나오토의 성기 끄트머리의 구멍이 신음하듯이 움찔하고 떨렸다.

막혀 버린 쾌감이 출구를 찾아 몸부림치고 있는 걸까. 벌어져 헐떡이는 그곳을 마사키가 손가락으로 덧그리자, 그것만으로도 견딜 수 없는 자극이 되는지.

"…아… 응! 마… 키… 혀엉…. 싫, 어… 그만… 웃…."

나오토는 몸을 뒤틀면서 울었다. 달콤하게 잠긴, 음란한 목소리로.

그 우는 소리를 더 듣고 싶어서, 마사키는 드러난 핑크색의 은밀한 곳에 살며시 손톱을 세워 튕겼다.

"힉… 아아아아!"

품속에 있는 나오토의 몸이 움찔하고 튀었다.

목을 뒤로 젖히고.

손발에 힘을 주고 흐느꼈다.

마사키가 준 자극에 액체가 단숨에 넘쳐흘러, 뿌리 쪽을 조이는 마사키의 손가락을 흥건히 적신다.

그걸 본 마사키는 입술을 약간 치켜 올렸다.

그리고 방금 받은 자극으로 충혈된 은밀한 곳을 또다시 손톱으로 긁듯이 비벼 올리다, 나오토가 몸을 떨며 소리를 삼키자 깊이 패어 갈라진 곳을 도려내듯 누르면서 손톱으로 둥글렸다.

"싫… 어어어어어어──."

나오토의 허벅지가 자잘하게 경련한다.

"…싫…어. 마… 키… 응… 그, 만…. 하지… 마…!"

부들부들 진저리를 치며,

"마… 응…. 마… 쨩. 싫… 어… 마… 쨩… 마 쨩, 마 쨩…! 그만… 해. 그만! 마 쨩!"

둑이 터진 것처럼 울기 시작했다.

지금은 들을 수 없게 된 마사키의 애칭을 엉겁결에 외치며 나오토가 운다.

"하지 마!"

"그만해!"

"부탁이니까!"

차오른 숨을 헐떡이고, 떨며 운다.

그리하여 마사키는,

"착하지… 나오."

녹아내릴 것 같은 미소를 띠고 나오토의 귓가에 입맞춤했다.

몇 번이고.

몇 번이고.

불을 끈 어둠 속.

유우타는 침대 안에서 꿈쩍도 하지 않고 가만히 천장을 노려
보고 있었다.

평소대로라면 이미 꿈속에 있었을 것이다. 그런데 오늘 밤은
이상하게 정신이 맑아 잠들 수가 없다.

왜?

모레까지는 돌아오지 않는다던 마사키가 한밤중에 갑자기 돌
아왔기 때문이다.

늘 자기 직전까지 공부를 하는 나오토가 11시가 넘어 방에서 나왔을 때, 목욕하러 가는 거라고 생각했다. 어머니가 죽은 뒤부터 그것이 나오토의 습관이었다.

유우타는 가볍게 끝마치는 편이지만 나오토는 목욕을 오래한다. 그래서 겨우 10분도 지나지 않아 계단을 올라오는 발소리가 들렸을 때, 유우타는 움찔 놀랐다.

나오토의 발소리와는 명백히 다르다. 삐걱거리고 무거운, 하지만 거칠지 않은 느릿하고 분명한 걸음걸이…. 마사키라는 것을 바로 알았다.

그 발소리가 아무런 망설임도 없이 옆의—나오토의 방문 너머로 사라졌을 때, 유우타는 이 사이로 치밀어 오르는 씁쓸함을 느꼈다.

MD컴퍼넌트를 슬립 타이머로 맞추어 틀어 두었던 음악은 이미 멈추었다.

대신에 들려오는 것은 끊어질 듯 끊어질 듯 잠긴 나오토의 목소리.

억누르려 해도 눌러 죽일 수 없는… 그런 신음이었다.

'……'

한 점을 바라보며 유우타는 이를 으득 악문다.

유우타도 다음 달, 6월이면 열다섯 살이 된다. 나오토의 방에서 두 사람이 무슨 짓을 하는지 모른다고 새삼스럽게 시치미를 뗄 생각은 없다.

고등학교 시절부터 아르바이트로 가족의 생계를 지탱해 온

형의 입장에서는 비뚤어질 대로 비뚤어진 끝에 등교 거부자가 되어 버린 문제아 따위, 그저 세상을 얕보고 있을 뿐인 어리광쟁이 '꼬맹이'일지도 모른다. 하지만 그렇다고 언제까지고 세상 물정을 모르는 '어린애'는 아니다.

아니. 누나 사야카가 집을 나간 것도 모자라 어머니의 장례식에도 얼굴을 내밀지 않았던 이유가 마사키와 어머니의 문란한 육체관계 때문이었다는 것을, 마사키 본인의 입을 통해 들어 알게 되었을 때. 유우타는 머릿속이 둔탁하게 마비되는 충격과 함께, 이제 아무것도 모르는 '어린애'로 있을 수는 없어졌다고 해야 할지도 모른다.

유우타는 집을 나간 뒤 지금은 절연 상태가 되어 버린 사야카의 마음을 너무나도 잘 안다.

너무 좋아서 견딜 수 없었던, 아무 의심도 없이 믿고 있던 인간에게 갑자기 배신당하는 충격은 이성과 논리의 범주 밖에 있다. 지금까지의 자신이라는 존재를 머릿속에서 부정당한 것 같아서 눈앞이 새까매진다.

그래서 유우타는 마사키가 더 싫어졌다.

자기 어머니와 섹스를 하다니, 최악의 짐승이다.

용서할 수 없다.

그래도 사야카처럼 격정에 사로잡혀 집을 뛰쳐나갈 생각은 없었다.

마사키와 어머니의 관계를 상상하기만 해도 역겹다. 하지만 그 현장을 정면으로 본 사야카만큼 그로테스크한 생생함을 실감할 수는 없었는지도 모른다.

아무리 상상을 해도 실제로 본 충격에는 필적할 수 없다.

하지만 설마… 그것을 자기 눈으로 실증하게 될 줄 유우타는 꿈에도 생각지 못했다.

그날 밤.

유우타는 자다가 갑자기 화장실에 가고 싶어서 졸린 눈을 비비며 방에서 나왔다.

그때 어째서 늘 쓰는 2층 화장실이 아니라 아래층 화장실로 가려고 계단을 내려와 버렸는지는… 유우타도 모른다.

그저 졸려서 그랬는지도 모르고, 어쩌면 예감이 들어서 그랬는지도 모른다.

심야의 화장실.

반쯤 열린 문 너머.

마사키의 품속에서 마치 발돋움을 하듯 몸을 뻗은 나오토가 농후한 키스를 받고 있었다. 게다가 속옷째로. 엉덩이 사이 아슬아슬한 곳까지 내려진 바지 속에 파고들어간 마사키의 손은 어느 모로 보나 나오토의 것을 매만지고 있다고 알 수 있을 정도로 음란했다.

때때로 어렴풋이 일그러지는 나오토의 눈썹은, 탐욕스러운 키스로 인한 호흡 곤란과 가랑이 사이를 희롱당하는 쾌감에 떨고 있는 것 같아서…. 유우타는 얼굴에서 핏기가 가시는 소리를 들은 듯한 기분이었다.

다리가 움츠러들어 움직일 수가 없었다.

눈을 돌리려 해도 시선은 거기에 고정된 채, 떼어놓을 수조차 없었다.

그리하여 그대로 나오토의 옷이 완전히 벗겨져 마사키와 함께 욕실로 사라져 버릴 때까지, 유우타는 그 자리에 계속 얼어붙어 있었다.

마사키와 나오토.

마사키의 충격적인 고백 이후, 마사키와 나오토 사이에 무언가 균열이 생겨났다는 것은 유우타의 눈에도 일목요연했다.

그런데 어째서?

왜?

대체 어느 틈에 이렇게 되어 버린 것일까.

아니면 마사키의 퉁명스럽고 차가운 태도도, 충격을 받은 나오토의 슬픈 모습도 모두 거짓말투성이 연극이었다는 걸까.

믿을 수 없었다.

용서할 수 없었다.

자신과 사야카에 대한 이중의 배신이라고 생각했다.

그리고 활활 타는 분노 뒤편으로 어머니와 금기를 범하고 '짐승'이 된 형이 다음 사냥감으로 역시 피가 이어진 나오토를 선택했다는 사실에, 유우타는 등골이 얼어붙었다. 어쩌면 자신도 언젠가 마사키에게 먹혀 버리는 게 아닐까… 하고.

나오토의 다음은 자신?

그렇게 생각하면 머릿속도 몸도 굳어 버렸다.

그때 옆구리가 저도 모르게 떨리는 오한과 함께, 몸 깊은 아래쪽에서 징… 하고 무언가가 뜨겁게 욱신거린 것 같았다.

애초에 마사키에게 먹혀 버린다는 악몽은 유우타의 기우에 지나지 않았지만.

하지만 그게 그저 기우였다고 확신한 그 순간, 어째서인지 맹렬한 소외감을 느꼈다.

한 지붕 아래에 형제 세 명. 그중 자기 혼자만이 남겨진 것 같았다.

왜?

어째서, 마사키에게 선택받는 게 나오토여야만 하는 걸까.

나와 나오토의, 뭐가, 어디가 다른 걸까.

그것은 형제 사이에 금기를 범하는 것에 대한 구역질나는 혐오감과는 별개로 도저히 형용하기 어려운, 마음 어딘가가 뜨겁게 뒤틀려 버릴 듯한 격정을 낳았다.

그때 유우타는 이를 꽉 악물고 맹세했다.

'나는 절대로 이 집에서 나가지 않을 거야.'

마사키와 나오토 두 명만의 사랑의 보금자리로 만들게 두지 않을 거라고.

그래서 나오토가 만드는 음식을 불평하지 않고 먹어 체력도 쌓았고, 쓸모없이 밥만 축내는 골칫덩이로 여겨지는 것이 싫어서 아주 조금씩 집안일도 도왔다.

그것이 소외감을 넘어선 '질투'라는 사실을 깨닫기에 아직 유우타는 너무나도 미숙했지만.

평소에는 좀처럼 입에 담지 않게 된 마사키의 애칭을 부르면서 나오토는 길든 짐승처럼, 띄엄띄엄 특유의 달콤한 기운을 품은 쉰 목소리로 하염없이 용서를 청하고 있다.

하지… 마….

그만… 해!

마 쨩.

유우타는 천장을 노려보며 '거짓말 마. 사실은 더 해줬으면 하는 주제에!'라고 내뱉는다.

마사키가 손으로 샅을 매만져 주면 자지러지는 나오토의 벗은 몸이 눈꺼풀 뒤에 스쳐갔다.

일단 소리를 내버리면 그 뒤에는 자제가 되지 않는 것이리라. 나오토는 떨리는 목소리로 울기 시작한다.

어쩌면 마사키는 유우타가 꿈쩍도 하지 않고 귀를 기울이고 있다는 것쯤은 이미 알고 있는지도 모른다.

그래서 일부러 보란 듯이, 나오토에게 소리를 내게 하는 건지도 모른다.

마사키와 어머니의 정사를 보고 참지 못해 집을 나간 사야카처럼. 유우타에게도 그러라고, 무언의 협박을 하고 있는 걸까.

모르겠다.

마사키의 진심 따위 알고 싶지도 않다.

나오토가 '하지 마'라고 울 때마다 어째서인지 입술이 이상하게 마른다.

'…아니야….'

나오토가 '그만'이라고 울 때마다 어째서인지 이상하게 힘이 들어간 손톱 끝이 움찔하고 떨린다.

'아니… 야!'

끊길 듯 끊기지 않는 나오토의 신음에 자극받아 아랫배가 지끈 하고 뜨거워진다.

그 열기가 무엇을 태우고, 어디를 덥히는지…. 그걸 느낀 유우타는 흥건하게 땀이 밴 손바닥을 움켜쥐었다.

그리고 열이 담긴 한숨을 내뱉듯이,

'이런… 건, 거짓말, 이야…. 아니야!'

귀를 막는다.

그래도 관자놀이를 걷어차는 것 같은 심장 고동은 멈추지 않았다.

아플 정도로 팽팽해진 샅을 부끄러워하듯 등을 굽히고.

움켜쥔 주먹에 손톱이 파고들 때까지.

유우타는 저주하듯 입술을 깨문다.

'거짓말이야! 아니야… 아니야! 나는… 나는 마사키 형 같은 짐승이 아니야!'

밤이 추락해 간다.

조용한 광기가 곪고,

음란한 동통이 무르익어,
안타까운 격정을 품고,
심연의 틈새로 사랑이 추락해 간다.

'피'와 '유대감'의 점과 선.
공허한 현실은 흔해 빠진 일상을 자극하고,
뒤틀린 현실을 찌른다.
형과 동생.
피의 유대감은,
'죄'와 '벌'의 나선을 그리고,
'배덕'이라는 이름의 감미로운 독에 좀먹혀,
금기의 요람에 새로운 쐐기가 박힌다.

후기

안녕하세요 & 처음 뵙겠습니다.

토쿠마 서점에서는 처음 내는 책인데 갑자기 끈적끈적한 시리어스물이어도 괜찮나? 라 생각하는 소심한(웃음) 요시하라입니다.

아니. 개인적으로는 러브♡러브 해피한 '보이즈러브'가 아니라 묵직하고 무거운 'JUNE물(탐미적, 퇴폐적인 동성애를 그린 작품이 게재되던 잡지의 이름. 현재는 무겁고 진지한 소재의 작품을 BL과 구분하여 칭하는 말로 변용됨)을 쓰고 있을 뿐이라 굉장히 기뻤습니다만. 업계에서 이쪽 장르는 완전히 마이너 구석에 몰려 버려서(웃음)… 슬픕니다.

그래서 읽는 입장에서 묘하게 스트레스가 쌓여, 때때로 'OO씨, 어디까지나 당신을 따라가겠습니다! 더 왕창 팍팍 써주세요오오오!'라고 외치고 싶어지는 요즘입니다.

그나저나… 별로 그런 소재의 원작(카다 미치루 만화, 요시하라 리에코 원작의 오컬트 소재 만화 「환혹의 고동」을 말함)을 쓰고 있어서 하는 말은 아닌데요. 얼마 전 어쩌다가 '호텔에 도착하면 일단 뭘 해?'란 이야기가 나와서 저는 농담으로 "아, 그리고 보니 방에 장식된 그림의 뒤쪽이나 서랍 아래를 보고 부적이 붙어 있지 않은지 조사하는 사람도 있다던데, 하하하…."(자살이나 살인 사건이 있었던 호텔 방은 눈에 띄지 않는 곳에 부적을 붙여 둔다는 도시전설)라고 웃어 젖히자, 오히려 "어, 안 봐? 보통은 보잖아…. 아, 하지만 어쩐지 알 것 같아. 요시하라 씨는 ○○가 나와도 태연히 쿨쿨 자버리는 타입이지" 라는 말을 들었습니다. 아니, 별로 상관없지만요. 실제로 그러 니까….

하지만 '어, 그런가?'라는 생각이 드네요. 평범한 사람들은 그런 짓 안 해, 라고 생각한 제가 잘못 알고 있는 걸까요?

아…. 이상한 얘길 하다 보니 벌써 분량이 없어져 버렸네요.

마지막이 되어 버렸지만 엔진 야미마루 님, 감사합니다. 지겨 워하지 마시고 꼭 또 함께해 주세요.

그리고 '갈애'의 속편 드라마CD '박애'가 이 책과 같은 시기 에 나옵니다(아마도). 지난번과 같이 3장 구성(웃음). 들어주세요♡ 완전 오리지널 스토리예용♡

2001년 5월 요시하라 리에코

MM NOVEL

그림자의 관

글 | 요시하라 리에코   그림 | 카사이 아유미

사랑보다 더한 광기는 없다

천계를 다스리는 천사장 루시퍼는 신이 총애하는
미모의 사자이다. 그런 그와 신뢰의 유대로 이어진
세라핌 미카엘은 루시퍼에게 어두운 집착을 품고,
결국 어느 날 자신의 한쪽 날개를 억지로 능욕하게
되는데!

어둠의 봉인–해후의 장

글 | 요시하라 리에코   그림 | 카사이 아유미

신이여! 어찌하여 저를 버리시나이까

타락한 전 천사장 루시퍼는 인간계에 다시 태어나
천사로서의 기억을 모두 잃어버린 채, 억지로
간섭하게 되면 혼백째 소멸하게 된다. 한편,
그런 자신의 반신을 천계에서 애타게 바라보던
미카엘은 돌이킬 수 없는 선택을 한다.

어둠의 봉인–여명의 장

글 | 요시하라 리에코   그림 | 카사이 아유미

타천사들의 금기된 사랑

루카에게 빙의된 미카엘이 거칠게 안은 밤, 마침내
루시퍼로서의 기억을 되찾은 키스. 하지만 아무리
설득해도 키스는 그 사랑을 받아들이지 않는다.
봉인이 풀렸는데도 하계에 머물며 거절하는 키스
때문에 미카엘은 점점 초조해지는데….

MM NOVEL

아이노쿠사비 1~6 (완)

글 | 요시하라 리에코   그림 | 나가토 사이치

너는 나의 펫이다

환락도시 미다스 교외, 버림받은 슬럼에서 리더로
군림하는 리키는 실수로 궁극의 엘리트 인공체인
이아손에게 붙잡히고 만다. 특권계급의 정점인
블론디와 슬럼 잡종의 만남. 두 사람은 집착으로
일그러진 사랑의 윤회를 만들어 나가는데….

이중나선 1

글 | 요시하라 리에코

피와 유대감의 점과 선, 그 끝의 파멸

행복하던 가정은 예상하지 못한 비극으로 파국을
맞는다. 그중 항상 착한 아이로 불리던 나오토는
언제나 완벽했던 형인 마사키에게 버림받고 싶지
않아 필사적으로 매달리고, 결국 피의 유대감은
점점 더한 갈증을 불러오는데….

이중나선 2

글 | 요시하라 리에코

이중의 금기로 시작된 격렬한 독점욕

배덕의 관계로 일그러진 가족의 고리에서
나오토는 혼란을 느끼며 괴로워한다. 한편, 오해로
인해 뜻밖의 사고를 당하게 된 나오토로 인해
일그러진 집착을 보이던 마사키는 마침내 자신의
진심을 드러내게 된다.

이중나선 1

초판 1쇄 발행　2018년 12월 31일

글 요시하라 리에코

발행인 원종우
발행처 이미지프레임
주소 (13814) 경기 과천시 뒷골1로 6, 3층
영업부 02 3667 2653 **편집부** 02 3667 2654 **팩스** 02 3667 2655
메일 mm@imageframe.kr　**웹** mmnovel.com

ISBN 979-11-6085-809-9 03830
979-11-6085-808-2 (세트)

NIJYURASEN